끈끈이대나물 꽃

끈끈이대나물 꽃

이운우 수필집

졍출판

언제부터였던가?

오래전부터 글을 쓰고 싶다는 막연한 동경심을 간직하고 있었습니다.

맨 앞표지에 내 이름이 새겨진 책을 가지고 싶다는 꿈을 막연하게 품고 있었지요.

퇴직 후 꿈을 이루기 위하여 나름 노력했습니다. 그리고 그 결과를 여기에 담았습니다. 부끄러움도 함께 담아 세상에 빛을 보이게 되었습니다.

이순耳順이 넘는 세월을 허겁지겁 지나고 보니 문득 걸어온 길이 궁금하였습니다. 지나가는 삶의 모퉁이에서 잠시 쉬며 뒤를 돌아보았습니다.

끝이 가물가물 안개 속을 걷는 것처럼 잘 보이지 않았습니다. 희미하게 보일 등 말 등 하는 먼 길이었습니다. 다행히 간간이 보이는 삶의 모퉁이마다 흔적들이 남아 있었습니다.

그 흔적들을 찾아 머리로 기억하고, 가슴으로 추억하여 여기에 담았습니다.

다시 돌아갈 수 없는 일방통행로 삶의 모퉁이에서, 까치발로 서서 돌아볼 수 있는 데까지 최대한 멀리 보려 애를 써보았답니다.

여기까지 걸어오기에는 아름다운 추억도 있었고, 기억하고 싶지 않은 후회도 많이 있었습니다. 추억도 후회도 담을 수 있을 만큼 모두 담아 보았습니다.

그래도 아쉬움과 미련이 남는 것은 어쩔 수 없나 봅니다.

아직은 많은 것을 표현하지 못하는 어설픔 때문이겠지요.

지나온 길을 회상하니 다시 뒤돌아갈 수 없는 머나먼 길이었기에 아쉬움을 더 커지나 봅니다. 앞에 남아 있는 좁은 길에는 지나온 길을 지표 삼아, 지나온 길보다 더 선한 마음으로 걸어 보렵니다.

길이 끝나는 최종 목적지에서 돌아보았을 때, 돌이키고 싶은 후회가 없기를 바라는 마음에서입니다.

이 책이 세상에 빛을 보기까지 많은 도움을 주신 분들께 감사를 드립니다. 초보운전 가르쳐 주시듯 꼼꼼하게 글쓰기를 지도해 주신 김홍은 충북대학교 명예교수님, 같이 공부하며 동고동락해 오신 충북대학교 평생학습원 문우님들. 그리고 아낌없이 응원해 준 가족과 소중한 책을 엮어 주신 정은출판 대표님께 깊은 감사 인사를 드립니다.

2022년 가을날에
이 운 우

차 례

1부 끈끈이대나물 꽃

2부 겨울 바닷가에서

차 례

3부 아버지의 훈장

4부 캄보디아 여행

차 례

끈끈이대나물 꽃

다음 생에는 나무 그늘 아래 거름 많은
흙과 꽃들이 만발한 언덕에서 태어나,
지금보다 더 풍성한 꽃을 피우길 바라는 마음을 남기고
발길을 돌렸다.

끈끈이대나물 꽃

좁은 사무실에서 무료함을 달래려 눈길을 창문 너머로 넘겨본다. 멀리 들판 벼들의 신선한 푸른 물결을 한동안 무심히 바라보았다. 푸르른 빛깔이 황금빛으로 변하는 장면을 상상하며 시선을 옮긴다. 창문에서 좀 떨어진 흰색차선 끝으로 핑크색 꽃이 한 송이 보인다. 신기한 마음으로 가까이 다가가 보니 살아있는 꽃이다.

7월의 한낮 뙤약볕은 뜨겁다. 꽃을 내려다보는데 숨이 막힐 정도로 아스팔트 열기가 올라온다. 어쩌다 언덕 위에 피어난 꽃 무리에서 씨앗 한 톨이 바람에 날아와 시멘트 틈새 아주 적은 흙먼지에 뿌리를 내렸나 보다. 추운 겨울에 쌓인 눈이 녹으며 흘러내린 물 한 방울로 생명을 지탱하여, 따사로운 봄 햇살에 생명을 깨워 싹이 돋아나기 시작했다.

차도 아스팔트와 인도 콘크리트 사이 틈새로 핑크빛 끈끈이대나물 꽃이 한 송이 피었다. 모래 몇 알이 모이고 자동차가 지나며 남긴 먼지가 쌓여 끈끈이대나물 꽃이 뿌리를 내릴 수 있는 공간을 만들 수 있었나 보다. 아스팔트의 뜨거운 열기와 물 한 방울 없는 곳으로 식물이 살아가기는 힘든 환경이다. 가냘픈 뿌리 한 가닥조차 마음 놓고 지탱할 수 있는 공간도 넉넉지 않다.

흙 한 줌 없는 열악한 곳에서, 독야청청 꽃을 피우고 있는 끈끈이대나물 꽃의 삶이 신비롭다. 너무 신기하여 햇볕이 정수리 위로 쏟아지는 따가움을 참으며, 한참 동안 꽃을 내려다보았다. 뜨거운 열기 탓일까. 지면에 가까이 있는 잎들은 붉게 말라 있었고, 줄기도 이파리도 가혹한 환경 탓에 초라한 모습이다. 그러나 꽃잎만은 진한 핑크빛으로 빛나고 있었다. 앙증맞은 꽃잎 다섯 장이 코스모스 꽃잎처럼 펼쳐져 있다. 어쩌다 이런 열악한 곳에 둥지를 틀고 꽃을 피우고 있는가.

꼭 꽃을 피우고야 말겠다는 의지에 겨우 아침이슬로 생명을 유지하며 때를 기다렸을 것이다. 꽃잎 모양이나 색상이 열악한 환경 속에서 조금은 변형될 만도 하지만 더욱 선명한 듯 보였다. 유독 어려운 환경 속에 피어나서 그렇게 보이는 건가. 모진 환경을 이겨내서 더 뚜렷하게 비치는 것 같다.

위약효과라는 플라시보 효과처럼 눈물겨운 의지력에 동화되어, 내 눈에만 그렇게 선명하게 보이는지도 모르겠다.

왠지 모를 짠한 마음으로 꽃을 렌즈에 담았다. 놀라울 정도의 의지력을 내 가슴에도 새겨 주려는 듯 당당한 모습이다.

나는 이 숭고한 장면을 누구에게라도 공유하고 싶었다. 아들, 딸에게 사진을 전송하며 댓글을 남겼다. "우리의 삶도 이 정도의 의지는 있어야 어려움을 이겨낼 수 있지 않을까."

나도 끈끈이대나물 꽃과 같은 의지만 있었다면, 자식들에게 좀 더 떳떳한 아버지가 되었을 텐데. 내가 갖추진 못한 의지력을 자식들이라도 일깨워주고 싶었던 것이다. 열악한 환경 속에서 꽃을 피우고 있는 끈끈이대나물 꽃을 보며 의지를 잃지 말라는 뜻이었지만, 어쩌면 자식들 핑계로 나 자신에게 하고 싶은 말이었는지도 모르겠다.

외딴곳에 홀로 떨어져 있어서인지, 언덕 위에 집단을 이룬 꽃밭에는 벌과 나비들이 잔치가 한창인데, 한참을 기다려 봐도 나비 한 마리 오지 않는다.

그래도 끈끈이대나물 꽃은 외롭다는 투정 한마디 없이 그냥 무심한 것처럼 피어 있다. 그렇게 묵묵히 버티고 있는 모습에 마음이 숙연해진다. 한낮 더위에 지치고 밤이면 외로움에 지쳤을 끈끈이대나물 꽃. 오직 주변의 뜨거운 햇볕과 간간이 들려오는 새들의 지저귐 소리만으로 꽃을 피웠을 거다.

나는 아침에 출근하여 문을 열면 꽃부터 찾아본다. 밤새 잘 있는지. 수없이 지나는 자동차 바퀴에 깔리지는 않았는지. 사람의 발길에 차이지는 않았는지. 조마조마한 마음으로 바라본다. 선명한 핑크빛 꽃잎을 바라보고 나서야 마음이 놓였다.

그렇게 매일 아침이면 끈끈이대나물 꽃과 눈인사를 나눴다.

며칠이 지난 어느 날 아침. 그날도 창 넘어 꽃을 먼저 찾았다.

맨 먼저 보이던 핑크빛 꽃이 안 보였다. 불안한 마음으로 가까이 다가갔다. 밤새 바람에 꺾였는지. 지나는 발길에 밟혔는지, 줄기가 꺾이고 꽃잎이 떨어져 말라 있었다. 나는 안타까운 마음으로 한참을 내려다보았다.

떨어진 꽃대를 주워 언덕 위 나무 그늘 밑으로 옮겼다. 생의 마지막이라도 시원한 그늘에서 잠시라도 머물 수 있기를 기원하는 마음을 담았다. 꽃씨라도 맺혔다면 다음 생에는 나무 그늘 아래 거름 많은 흙과 꽃들이 만발한 언덕에서 태어나, 지금보다 더 풍성한 꽃을 피우길 바라는 마음을 남기고 발길을 돌렸다.

잡초

봄볕에 아파트 정원은 화려하다. 정돈이 잘 된 영산홍과 철쭉이 활짝 피어 화려한 꽃동산을 만들고 있었다. 연녹색으로 피어난 여린 나뭇잎들의 하늘거림은 또 어떠한가. 꽃구경하러 멀리 갈 것 없다며 아내와 함께 아파트단지로 산책을 나섰다. 봄은 자리다툼도 하지 않고 차례로 달려오고 있었다.

노란 개나리와 벚꽃 잔치가 화려하더니, 철쭉과 영산홍으로 바통을 주고받은 것처럼 분홍과 붉은색으로 화단을 장식한다. 다음은 장미가 필 차례인가 보다. 하늘을 보면 아기 손 같은 나뭇잎들이 한들거리고, 붉은 꽃들이 정열을 자랑한다. 우리도 자연스럽게 봄 향기에 취해 산책을 한다.

햇살은 철쭉꽃들을 더욱 밝게 피어나게 한다. 그런데 옥에 티라할까, 붉은 철쭉꽃 무더기 사이로 망초대 몇 그루가 삐죽하니 나와 흠집을 만들고 있다. 붉은 꽃 무더기 사이로 어떻게 살아 올라왔는지 어울리지 않는 불청객이다. 눈에 거슬리는 망초대를 아내는 주저 없이 쑥 뽑아버렸다. 그리고 뿌리에 붙은 흙을 툭툭 털어 화단

구석에 던져 놓았다. 무심하게 아무 일도 아니라는 듯 말끔해진 꽃 무더기를 바라보았다. 그리고 우리는 다시 걷기 시작하였다. 그런데 나는 던져진 망초대가 마음에 걸렸다. 망초대는 원하지 않는 곳에 태어나 선택되지 못했다. 그래서 더욱 몸부림치며 철쭉 가지 사이를 뚫고 살아났건만, 그렇게 뿌리에 있는 흙까지 털려 버리고 내동댕이쳐지고 말았다. 묵정밭에, 강둑에 망초대가 하얗게 피어 군락을 이룬 모습에 반한 적이 있었다. 볼품없는 작은 꽃이지만 흐드러지게 피어, 눈부신 장관이었다.

그곳에서는 천대받는 잡초가 아니었던 것을……

나는 살아오면서 간택簡擇된 사람이었나. 인생은 만남과 선택의 연속이라고 한다. 내가 원해서 하는 일들은 얼마나 될까. 지나고 보면 공직생활은 내가 원한 일이지만, 긴 세월 나는 선택을 강요당하고 있었다. 그 굴레에서 다행히도 철쭉이었던 시절이 많았던 것 같은 생각이 든다.

망초대를 던져 놓고 오면서 이런저런 생각에 잠기게 한다. 붉은 꽃 더미에서 하늘을 먼저 보고 싶어 까치발을 들고 바라보기도 하고, 다른 꽃들보다 먼저 지는 것이 싫어, 줄기를 부여잡고 버티었을 지언정, 망초대같이 뽑혀 버려진 인생을 산 것 같지는 않았다. 새삼 봄볕이 따스하다.

어머님이 계신 시골에 작은 텃밭을 일궜다. 대부분 관리하기 쉬운 고구마와 땅콩을 심고, 어머님 소일거리로 오이, 가지, 고추, 토마토 몇 포기씩을 심었다.

이랑 위에 비닐을 씌우고, 구멍을 뚫어 고구마 싹을 심었다. 그런데 고구마 싹이 땅 내도 맡기 전에 비닐 속에서 풀이 자라기 시작했다. 그러더니 비닐을 쳐들고 일어나 고구마 싹을 에워싸고 말았다.

농사란 잡초와의 전쟁이다. 뽑고 돌아서면 또 뽑아야 하는 것이 풀이라고 어른들이 말씀하셨다. 잡초의 생명력은 대단했다. 비닐 속 잡초는 뿌리가 너무 강해 넓은 부위의 비닐을 제거하고 엉덩방아를 찧어가며 뽑아야 했다.

우리가 살아가는 환경이 열악할수록 억척같은 삶을 영위할 수밖에 없다.

그런 힘겨운 삶을 잡초 같은 인생이라 말하지 않던가.

예전에 어머님은 온종일 밭을 매고 어두워져야 집으로 오셨다. 호미를 뜰에 던지시며 '에구! 원수 같은 풀'이라 혼자 말씀하셨다. 우리는 배고프다고 투정으로 어머니를 맞이하였지만, 풀매기가 그렇게 어려운 일인지는 미처 알지 못하였다. 어머니는 여름 내내 호미를 들고 밭으로 나가셨다.

어머니는 자식들이 척박하지 않은 고운 땅에서 살길 바라는 마음으로 끊임없이 잡초를 뽑고 또 뽑았을 것이다. 뜨거운 밭이랑에서 평생을 고생하신 어머니. 잡초를 바라보니, 가슴이 뭉클해진다.

나는 잘 선택되어 그렇게 척박한 생활은 하지 않은 것 같아서 다행인지. 아니면 그런 줄도 모르고 살아온 것인지 알 수 없다.

깊게 뿌리 내리고 고구마 순을 잠식해 버린 엄청난 번식력은, 살아남기 위하여 생긴 질긴 생명력이리라.

선택되지 못한 삶에 대한 애착이 그렇게 강하게 만들었을 것이다.

느지막하게 아내와 산책을 하는 봄날에 감사한다. 그늘에 앉아 이런저런 이야기를 하며 망초대 이야기를 했다. 아내는 뽑아버려 깨끗해진 꽃 더미 이야기를 한다. 나는 왜 자꾸 뽑혀 버려진 망초대 생각을 하게 되는지.

내가 살면서 버려진 망초대 같은 설움을 느껴본 일이 있는 것처럼. 지금은 잊어버려서 기억이 나지 않는, 내 가슴 깊은 곳에 공감 가는 쓰라린 기억이 존재하고 있는지 모르겠다.

지나고 보면 한 점에 지나지 않는 것들이, 그 점들이 모여 삶을 이루고 있을 것이다.

아픈 기억이 생각나지 않는 것은 지금이 행복하기 때문일까.

강릉 소나무 숲길

　강릉 소나무 숲길을 오른다. 깎아지른 절벽 위로 쭉쭉 뻗은 금강송이 위용을 자랑한다. 사열대를 향하여 나열하고 있는 병사들처럼, 계곡을 향하여 위엄 있게 서서 우리를 반긴다. 뾰족뾰족 하늘을 향한 이파리는 햇살을 향해 마음껏 피어나고 있다.

　마치 따스한 봄날, 거실 깊숙이 스며들어 펼쳐지는 햇살이 사방으로 흩어지는 모습처럼 피톤치드 입자들이 내 몸 깊숙이 스며들고 있다. 금방 기운이 솟아오르는 듯하다. 쭉쭉 뻗은 금강송은 불규칙하게 휘어진 여느 소나무들과는 외모에서 확연히 차이가 난다.

　보통 소나무는 수피樹皮가 검고 거칠며 질서 없이 허름하지만, 금강송의 수피는 갑옷처럼 정교하며 단단하다. 그 모습이 늠름하기까지 하다. 색깔도 붉은빛으로 우아하고 기품이 있다. 아마도 높고 험준한 태백산 준령의 정기를 받고 자라서 인가보다. 그 정기가 범접할 수 없을 정도로 스스로 빛난다. 나무들 사이에 서서 그 향에 취하고 있다. 우러나오는 그 신선함이 대단하다. 그래서 쓰임도 국보급이다. 왕궁이나 사찰 건축에 이용되고, 나라에서 보호하는 귀한 대접을 받고 있다. 그만큼 우리 민족의 정신을 계승하고 있는 나무가 있다면 금강송이 아닐까 싶다.

계곡에는 크고 작은 바위들로 이루어져 그 사이로 투명하고 깨끗한 계곡물이 흐르고 있었다. 유리알처럼 투명하고 차가운 물이 닿는 바위들은 시린 몸을 웅크리고, 하얗게 질린 상태로 파란 하늘을 바라보며 서 있다.

계곡 중간 중간에 낙차가 큰 곳으로는 크고 작은 폭포가 자리하고 있어 청명하고 투명한 물이 흘러내린다.

계곡물 흐르는 소리는 어떤 유명한 교향악단이 연주하는 오케스트라보다 더 청아하게 들려온다. 도시에서의 찌든 삶의 찌꺼기들을 시리도록 푸른 하늘과 맑은 계곡물 흐르는 소리가 씻겨주어 우리를 새롭게 한다. 소나무향기와 계곡물에서 우러나오는 투명한 공기를 가슴속 깊이 밀어 넣어 찌든 때를 씻어낸다. 내면의 깊은 곳에서부터 시려오며 상쾌함이 온몸으로 퍼진다.

폭포수 아래 물길이 흐르는 곳에 누군가가 일부러 파놓은 듯 정교하게 만들어진 커다란 항아리처럼 움푹 파인 물웅덩이가 있다. 폭포수로 쏟아진 물이 내려오다 웅덩이로 빨려 들어가 한 바퀴 돌아 다시 아래로 쏜살같이 밀려 내려간다. 투명하고 깨끗한 물이 탐스러워 돌아나가는 물에 손을 담가본다.

예상대로 손이 에이듯 차다. '어딜 감히 때 묻은 손으로 더럽히려 하느냐' 하듯, 사춘기 소녀의 앙칼스럽게 토라지는 모습처럼 냉랭冷冷하다.

물웅덩이에는 둥근 돌이 물의 흐름에 따라 같이 돌고 있었다. 몇만 년을 갈고 닦았는지 해변 모래밭에서나 볼 수 있는 자갈처럼 반들반들하다.

애초 물웅덩이로 처음 굴러들어 왔을 때는 모나고 각진 울퉁불퉁한 평범한 돌의 모습이었으리니. 수백 년이든, 수만 년을 물길의 흐름에 따라 몸을 맡겨 웅덩이를 돌며, 모난 곳은 부딪혀 깨지고 갈리고 하여 지금처럼 매초롬한 주먹 돌로 다시 만들어졌으리.

웅덩이 역시 오래전에 볼품없는 평범한 바위에 우연히 웅덩이로 생겨나 그 위로 폭포수가 흐른다. 어느 때인가 커다란 모난 돌이 장마 때 굴러들어와 웅덩이 안에 갇혀, 물살에 떠밀려 돌아가며 부딪치고 갈리고 깨지는 아픔을 견디고 깎기며 다듬어졌으리. 육감적인 여인의 둔부와 같이 매끈한 모습으로 변하여 큰 바위 아래에 수줍은 듯 숨어 항아리 모양이 되었으리라.

그 세월이 얼마인가. 살아있는 생명이었다면 부딪치고 깨지는 아픔은 또 얼마나 고통스러웠을까. 처음으로 모난 돌이 웅덩이로 굴러들어 왔을 때는 물길에 흘러 부딪치는 아픔 속에서 얼마나 서로를 원망했을까. 몇만 년을 그렇게 인고의 세월을 보냈으리니. 덕분에 날카롭던 돌도, 볼품없던 웅덩이도 어느 이름 있는 장인이 깎아 놓은 것처럼 동그란 도자기 모습으로 환생하여, 항아리 속에 커다란 알을 품고 있는 듯하다. 아기자기한 장식품같이 변신하여 보는 이로 하여금 신비감까지 느끼게 한다.

물웅덩이 속으로 낮에는 금강송이 가득 차고, 밤이면 별들이 가득 넘쳐흐르리. 웅덩이 옆에 표주박 하나 갖다 놓아, 별들이 웅덩이 속에 가득 찰 때면 별을 한 바가지 퍼서 그리운 사람 품에 안겨주고 싶은 마음 넘쳐난다.

　자연에서 존재하며 우리를 경이롭게 만드는 모든 작품이 그렇게 인고의 세월없이 만들어진 것이 있을까. 수만 년 세월 동안 세찬 눈. 비에 씻기고 모진 바람에 풍화되어 지금과 같은 작품으로 화려하게 변화하였으리. 자연과는 비교할 수 없겠지만 우리 인간이 만든 작품도 어찌 갈고 닦음 없이 쉽게 만들어진 작품이 있으랴. 나름의 고통을 이겨내고 희생을 감수하여 우리가 감탄하는 작품으로 만들어졌음이라. 그런 인고의 고통 속에 절차탁마切磋琢磨 없이 쉽게 탄생한 작품이었다면, 우리는 경이롭게 느끼지 못하고 평범한 작품으로 바로 모든 사람들에게서 잊혀졌으리. 신이 만든 자연 작품이나 인간이 만든 인공작품이나, 우리가 대할 때는 그런 고통과 인내를 작품 속에서 읽어내야 하고, 숭고한 마음가짐으로 바라보아야 하지 않을까.

　강릉 소나무 숲길을 걸으며 한층 깨끗해진 마음으로 자연의 숭고함을 느껴본다.

달팽이의 사랑

간간이 들리는 새소리, 바람 소리만이 좁은 학교 지킴이 사무실 안에 가득하다. 좁은 공간에서의 하루는 석양빛에 비치는 그림자 길이만큼이나 길다. 지루함을 달래려 좁은 사무실을 벗어나 뜨거운 햇볕이 내리쬐는 계단을 오른다. 아직 여름의 끝은 멀었다는 듯, 햇볕에 달궈진 시멘트 계단의 열기는 대단했다.

계단을 오르다 보니 나 말고 계단을 오르는 생물들이 있다. 멀리서는 안 보이던 작은 생명들이 힘겹게 계단을 오르고 있었다. 가까이 가서 보니 달팽이다. 아주 느린 걸음으로 가파른 계단을 오르고 있었다. 땀을 삐질삐질 흘리는 듯 지나온 자리엔 흔적을 남기며 있는 힘을 다하여 오른다. 무슨 이유로 뜨거운 시멘트 계단을 힘들게 오르고 있는 걸까. 이 많은 달팽이들은 어디서 나왔을까. 주변을 보니 계단 옆 풀밭에 살다 일광욕을 즐기려 뜨거운 시멘트 위를 기어가나 보다. 달팽이는 습기가 많고 그늘진 곳에서 사는 것으로 알고 있는데, 뜨겁게 달궈진 시멘트 계단을 오르고 있는 것이 의아했다.

습기 많은 풀 속에서 살면서 가끔 일광욕으로 우리가 알 수 없는 세균을 예방하는 달팽이만이 가지고 있는 예방법인지도 모르겠다.

연약해 보이는 살결을 뜨거운 시멘트 바닥에 배밀이를 하며 조금씩 전진하는 모습을 보니 달팽이의 인내심이 경이롭다. 연약한 살결이 뜨거운 햇볕에 화상을 입지는 않을까, 들쑥날쑥한 시멘트 바닥에 상처 나지는 않을까. 걱정을 앞세우고 밟지 않으려 발밑을 조심하며 계단을 오른다. 계단 중간쯤에 오르니 유난히 커다란 달팽이가 보였다. 자세히 보니 한 마리가 아니고 두 마리가 붙어있다. 아니, 달팽이는 자웅동체인데도 짝짓기를 하나? 가만히 살펴보니 좀 더 큰 놈은 더듬이를 좌우로 움직이며 주변을 경계하는 듯하고, 또 다른 놈은 더듬이도 내밀지 않고 수줍어하는 듯, 연약해 보이는 껍질에 몸을 웅크린 채 미동도 없다. 얼른 바라보지 말고 지나가라는 듯한 몸짓이다.

부끄럽다는 표시일까. 아마도 그 달팽이가 암놈 역할을 하는지도 모르겠다. 왜 시원한 풀밭에서 나와 뜨거운 그곳에서 짝짓기하는지 궁금하여 들여다보고 있지만 알 길이 없다. 시멘트 열기에 홀몸도 뜨거울 텐데 둘이 붙어서 사랑을 나누는 것이 안타깝다 못해 숭고한 마음마저 든다.

힘들진 않을까. 내가 괜한 기우杞憂를 해본다. 시원한 풀잎 아래에 달콤한 이슬방울로 목을 축이며 은밀하게 사랑을 나누면 좋을 텐데, 참 특이한 취향을 가진 달팽이라 생각하며 풀밭으로 옮겨줄까 하다, 아무리 미물이지만 또 다른 말 못 하는 사정이 있겠지 하고 살펴보기만 했다.

모든 살아있는 생물들은 짝짓기로 자손을 퍼트리며 살아간다. 일부 단성생식을 하는 미생물을 제외하면, 달팽이처럼 자웅동체로 암, 수 한 몸을 가지고 있는 생물도 짝짓기한다. 누가 암놈 역할 수놈 역할을 하는지, 교대로 하는지, 그날 기분에 따라 바뀌는지는 알 수 없다. 신기한 것은 두 마리의 달팽이가 서로 짝짓기를 할 때 한 마리는 자기 몸에 있는 암수 중 하나만 선택을 한단다. 짝짓기가 끝나면 다시 원래대로 자웅동체로 돌아온다.

사랑의 결과로 알을 낳아 번식한다. 짝짓기가 끝나고 나서 얼마 지나면, 암컷의 역할을 한 달팽이가 좁쌀 정도로 작은 알을 150~200개 정도를 낳는다. 달팽이는 자신의 몸에 암수가 모두 있으니 스스로 후손을 만들어내도 될 텐데 굳이 다른 달팽이와 짝짓기를 하는 이유는 무엇일까? 그것은 아마도 더 나은 후손을 위함이 아닐까 싶다. 달팽이는 자신보다 더 나은 유전자 조합으로 후손을 위해 짝짓기를 하는 것일 거다. 얼마나 현명한 자연의 법칙인가.

생물 시간에 배운 '잡종강세'라는 단어가 어렴풋이 떠오른다.

모든 살아있는 생물들의 사랑은 아름답다. 사랑이 종족 번식을 위한 본능적인 행위라 할지라도 사랑 자체로 숭고하다.

짝짓기 행위 뒤에 수놈을 잡아먹는 사마귀 같은 무정한 사랑을 나누는 곤충도 있고, 까마귀처럼 한번 인연을 맺으면 평생을 동고동락하는 지고지순至高至純한 사랑을 하는 동물들도 있다.

요즘에는 편리함을 앞세우는 인스턴트가 대부분이다. 먹는 것, 입는 것 심지어 사랑까지도 인스턴트 사랑이 많다. 쉽게 만나 아무렇지도 않게 헤어지는 사랑을 남발하는 세대에 살고 있다. 사랑을 하려거든 어렵게 시작하여, 끝까지 함께 가는 그런 사랑을 해야 한다. 폭풍처럼 왔다 썰물처럼 밀려가는 사랑이 아닌, 달팽이처럼 느릿느릿한 사랑을 해야 하지 않을까.

달팽이에게서 사랑을 한 수 배웠다.

정동진 바닷가에서

봄기운이 완연하다. 산으로 바다로 봄은 서서히 우리 주변으로 스며들어 퍼지고 있다. 집 주변에 하얀 매화꽃을 시작으로 산비탈 쪽에는 노란 생강꽃이 한창이다. 바다의 봄은 어디까지 왔을까. 벌써 와 있지 않을까. 두근거리는 가슴을 진정시키며, 봄 물결이 밀려오는 들판을 가로질러 정동진 바닷가로 향했다.

봄은 벌써 항구에 도착하여 우리를 기다리고 있었다. 한겨울 동안 쉬고 있던 어구漁具를 손질하는 어부들의 손길이 분주하다. 갈매기 역시 봄맞이 축제를 하는지 날갯짓 요란하게 봄바람을 흔들어 놓는다. 항구의 분위기는 잔치를 기다리는 아이들만큼이나 어수선하고 들뜬 분위기로 가득 찼다.

나도 덩달아 풍선 위를 걷는 것처럼 둥실거린다. 정동진 부채 길로 들어선다. 바닷가로 테크를 만들어 바다를 내려다보며 파도 소리와 함께 산책할 수 있는 둘레 길이다. 언제 보아도 변함없는 푸른 바다! 넘실대는 푸른 물결에 내 가슴까지 넘실거린다. 특히 동해 바다의 쪽빛은 가슴속까지 파랗게 물들어, 숨결마저 파란색이다. 억겁의 세월을 실어 나르는 푸른 파도는 언제나 한결같다. 수평선 너머 멀리서 찰랑거리며 밀려와 바위에 부딪히면 하얀 물방울이 꽃처럼 피어오른다. 철썩거리는 파도 소리가 겨울철보다 부드럽게 들리는 것은 봄기운 탓일 거다. 먼길을 달려온 파도는 바위에 가로막혀 해안까지 가지 못하고 하얗게 부서져 없어지지만, 한 번도 바위를 원망하지 않는 것처럼 물러났다 다시 부딪치곤 한다. 다만 바람에 따라 성난 황소처럼 우악스럽게 부딪치기도 하고, 때론 부드러운 양털처럼 바위도 모르게 살며시 다가왔다 사라지기도 한다. 우리 삶도 햇볕에 반짝이는 잔잔한 물결처럼 평온함으로, 때론 포악스럽게 몰려와 모든 것을 흩뜨리고 지나가기도 하며 연륜을 쌓아가고 있는지도 모르겠다.

바다에 오면 이상스럽게 고달픔이라든가, 때론 설렘 같은 어떤 상념들이 생각나, 넓은 품에 안기고 싶은 마음이 일어난다. 바라보면 잔잔한 것 같으면서 끝없이 출렁이며 파도를 만들어내고, 가끔은 파도에 내 상념들이 난파되어 흩어지기도 한다. 그래서 바다를 바라보면 마음이 고요해지는지 모르겠다. 걷다 서다 반복하며 다듬어진 해안 길을 걸었다. 모래와 씨름을 하지 않아도 되고, 거친 바위도 피하여 길이 만들어져 주변의 경치에 푹 빠져 걸을 수 있었다. 해풍을 막아주는 소나무 숲도 지나고, 잔잔하게 몰려와 종알거리며 귀를 간질이는 파도 소리와 대화도 한다. 한없이 넓은 수평선을 바라보며 심호흡으로 여유로운 봄을 맞이한다.

수평선이 파도에 너울대는 가까운 등대 쪽을 바라본다. 작은 어선에서 부부가 힘겹게 그물을 당겨 고기를 잡고 있었다. 있는 힘을 다해 그물 당기는 모습을 바라보니 삶의 진솔한 맛이 느껴진다. 석양으로 기울어지는 햇살에 비친 부부가 힘들게 일하는 모습이 밀레의 '이삭 줍는 여인들'처럼 아름답게 보이는 것은, 생활에 충실한 모습으로 붉은 석양빛에 물들여지는 물결이 아름답기 때문일 것이다. 푸르른 바다를 내려다본다. 언제나 한결같은 푸른빛이다. 찬바람 한줄기 파도 위를 지나 푸른 물결 일렁인다.

수산시장에는 온갖 싱싱한 물고기가 팔딱거리며 뛰고 있었다. 동해가 고향인 바닷고기는 다 모인 듯했다. 갓 잡은 듯 아가미를 벌름거리며 놀란 눈으로 바라보는 방어와 마주쳤다. 넓은 바닷속에서 마음껏 헤엄치며 자유를 만끽하던 시절은 어디로 갔는가. 몸도 마음대로 갈 수 없는 좁은 수족관에서 마지막 목적지를 기다리고 있었다. 방어의 검은 눈동자를 바라보았다.

방어의 동그란 눈동자 속으로 빨려 들어간다. 푸른 동해 바닷속에서 떼지어 다니는 방어 떼 속으로 나도 들어간다.

코타키나발루로 가족여행을 갔을 때이었다. 투구 모양의 산소통을 쓰고 바닷속에 들어가 물고기들과 함께 어울렸던 추억이 떠오른다. 온갖 물고기들이 눈앞까지 다가오고 손에 닿을 수 있을 정도로 가까이에서 헤엄치고 있었다. 나도 물고기가 된 것 같은 착각에 빠졌다. 그때처럼 산소통을 쓰고 동해 바닷속에 들어간다. 넓은 바다를 헤엄치며 살아가고 있는 방어의 세계와 같이 어울린다. 방어의 일생을 상상한다. 바다에서 살 때는 아무런 고민도 없이 자유를 만끽하며 살았을 거다. 방어의 삶 속에는 방어만의 삶의 질서가 있어 나도 동화同化되어 어울리며 같이 살아가는 동화童話 같은 상상을 한다. 방어에게도 그들 나름대로 사는 목적이 있는지도 모르겠다. 같이 어울리다 보면 방어의 삶의 목적도, 최종 목적지에 관한 생각을 알 수 있을 것 같다.

깔끔하게 다듬어진 방어회를 한 점 입에 넣으며 방어의 운명을 생각한다.

접시에 놓인 방어의 운명은 불행이었을까. 바닷속에서 살다 수명을 다하면 행복한 삶이었다고 할 수 있는 것인가.

나는 어떤 목적을 가지고 살아가는 걸까. 삶의 목표를 생각한다. 목적 없는 삶이 파도 위에 표류한다. 올봄에는 흔들리는 삶을 단단히 잡아매야겠다.

정동진 바닷가의 봄날은 푸른 파도 속으로 일렁이며 다가온다.

가을을 보내며

고요를 삼킨 산속은 낙엽이 물들어가는 소리만이 들리는 듯 적막함이 가득하다. 울긋불긋 물감을 풀어 놓은 듯, 한 폭의 수채화는 가을의 정점을 지나고 있었다. 고요를 깨뜨리는 것은 스르륵 하며 단풍잎이 나풀대며 떨어지는 소리뿐…. 툭! 하고 머리 위로 떨어지고 발끝에도 떨어진다. 바람이라도 지나치면 우수수하고 눈꽃처럼 흩어진다.

가을은 결실의 계절이자 화려한 단풍의 계절이다. 울긋불긋 아름다운 단풍은 식물의 겨울나기 준비라니 식물들의 생존본능이 경이롭다. 본래 잎에는 초록색인 엽록소와 황색, 노란색 계통의 카로티노이드 색소가 동시에 존재한단다. 광합성을 해야 하는 계절에는 잎의 엽록소의 양이 카로티노이드의 양보다 훨씬 많으므로 엽록소의 초록색으로 보인단다. 가을에 낮의 길이가 짧아지고 기온이 내려가면서 엽록소 대신에 숨어 있던 다른 색소가 나타나는 것이 단풍이 드는 원리다.

모든 것이 시작과 끝을 반복하며 이어지듯, 낙엽 역시 새싹으로 돋아 풍성한 모습으로 모든 생물의 왕성했던 한여름 전성기를 보내고, 알록달록 단풍으로 마무리한다. 낙엽은 다음 세월의 또 다른 전성기를 기약하며 세월 속으로 숨는다. 땅 위에 떨어지는 낙엽은 그냥 없어져 사라지는 것이 아니다. 하늘에서 쏟아지는 햇살만 받으며 자라던 시절과는 다른 세계를 만나게 된다. 땅 위에서의 만남은 흙과 돌에 섞이고 묻히어, 이름 모를 작은 곤충들에 의하여 해체되고 미생물에 의하여 분해된다. 분해되어 형체가 없어진 낙엽들은 양분으로 뿌리를 통하여 줄기로, 잎으로 성장의 원천이 된다.

추운 겨울의 고통을 이겨내면 나이테라는 성장의 흔적이 남는다.
나이테는 추위가 혹독할수록 더 진하고 단단하게 남는다. 나이테에는 그 나무의 역사와 경륜이 흐르고 살아남기 위한 몸부림의 흔적으로 남는다.
우리 삶도 똑같다고 생각해 본다. 지난 세월이 견디기 힘든 시간일수록 기억이 선명하게 남아 삶의 바탕이 되는 것이 나이테랑 같지 않을까.
지난 삶의 과정 중 아픈 상처가 심할수록 삶의 견고한 기둥이 되어, 힘차게 다시 출발할 수 있는 밑바탕이 되듯, 나무 또한 추운 겨울일수록 뚜렷한 나이테를 만들고, 그 선명한 나이테를 근간으로 더 튼튼한 나무로 성장할 수 있을 것이다. 내가 쌓아온 나이테는 어떤 모습, 어떤 색깔로 채색되고 있을까.

뿌리로 녹아 들어간 낙엽들은 내년 봄에는 더 푸른 잎으로 다시 탄생할 것이다. 푸른 잎들은 오늘을 지나 내일, 모레로 이어지는 시간들을 염주 알처럼 엮어내듯 세월을 만들며 성장할 거다. 누가, 어떻게 정한 순리인지는 모르지만, 수없이 많은 날이 똑같이 반복되는 것 같아도, 매번 다른 환경 속에서 다른 결과로 반복하는 것이 세월이 아닐는지.

얼마 지나지 않아 가까이 있는 듯한 세월이 꼬리를 물고 늘어져, 어느 순간 뒤돌아보니 까마득히 멀리 왔음을 뒤늦게 실감한다. 나의 세월도 아득히 멀어져 머리에는 이미 단풍으로 얼룩지고, 이마에는 추수를 끝낸 밭이랑 같은 연륜이 새겨져 인생의 가을을 지나고 있음이 분명하다. 어디쯤 지나고 있을까? 단풍이 들기 시작하는 가을의 입구에 있는지, 단풍이 떨어지는 가을의 막바지를 지나고 있는 것인지는 가늠할 수 없다.

쌀쌀한 바람은 계곡을 지나 산 아래로 가을을 밀어내고, 피곤한 하루를 마감하는 하산 길에 허전한 마음을 발길질로 마감한다.

떨어지는 낙엽을 잡아 다시 매달 수 없음을 안타까워하면서, 한 해의 결실을 수확하는 희망으로 가을 산행을 마무리한다.

만리포의 추억

똑딱선 기적소리

젊은 꿈을 싣고서

갈매기 노래하는

만리포라 내 사랑

'만리포 사랑'이란 노랫말처럼 젊은 날의 꿈을 싣고 찾았던 만리
포해수욕장. 젊은 날 관음증을 유감없이 즐겼던 하루가 남겨진 추
억의 만리포해수욕장이었다. 그날 이후로는 만리포를 한 번도 찾은
적이 없다.

문득 친구가 점심을 먹으며 식후에 목욕이나 가자는 말에 만리포
민박집 샤워장 모습이 별똥별 떨어지듯 스쳐 지나갔다. 먼 옛날 만
리포해수욕장에서의 젊은 날 추억이 떠오른다. 그때 민박집은 지금
도 있을까. 이미 폐허가 되었거나 철거가 됐을 허름한 민박집이 새
삼 그리워진다.

군 생활도 지루해지기 시작하여 달력에 제대 날짜를 하루하루

가위표로 지워나가던 고참 때였다. 동료들과 함께 젊음을 발산하려 만리포해수욕장을 찾았다. 뜨거운 햇살을 피하여 민박집 마루에 앉아 쉬고 있을 때였다. 예쁜 아가씨가 바닷물에서 금방 나온 인어처럼, 늘씬한 수영복 차림에 물을 뚝뚝 흘리며 허름한 샤워실로 들어갔다.

곧이어 옷 벗는 모습과 물 쏟아지는 소리가 간유리를 통하여 안개 속에 보이듯 어렴풋이 비쳤다. 우린 젊음을 발산할 기회를 찾느라 혈안이 되어 있었고, 무쇠를 삼켜도 소화할 수 있을 만큼 혈기왕성하다는 것을 국가에서 인증해준 젊은이들이었다. 뿌연 간유리 사이로 실루엣 윤곽이 뚜렷하다.

우리는 숨을 죽이고 지켜보고 있었다. 아무도 말을 꺼내지 않았다. 아니 말을 할 수 없었는지도 모르겠다. 말 그대로 숨이 멎은 듯하였다.

그녀는 영화에서나 볼 수 있을 것 같은 미인으로, 칠흑 같은 긴 머리가 잘록한 허리까지 내려오는 팔등신 미인이었다.

간유리 덕분일까. 살결은 더욱 우윳빛으로 투명하게 비쳤다. 순간 내가 옆에서 같이 샤워하는 착각에 빠져 발칙한 상상을 했다. 나만 그런 것이 아닌 것 같았다. 우리는 각자가 발칙한 상상을 하고 있는 듯했다. 숨소리조차 들리지 않고 내 몸에 존재하는 모든 세포를 총동원하여 실루엣 모습에, 샤워기 물소리에 집중하고 있는 모습이 증거다.

고고한 달빛이 산을 에워싸고 물안개는 호수 주변에 자욱한 채

폭포를 감싸 안고 있는데, 폭포수 아래에 목욕하는 선녀의 모습이 저렇게 몽환적으로 보였을까. 몰래 옷을 감추고 싶은 욕망이 꿈틀거려 정신이 혼미해질 정도였다. 그때 몰래 나무꾼이 선녀의 옷을 감추듯 그녀의 옷을 감출 수만 있었다면, 어쩌면 지금쯤 그 옷이 우리 집 장롱 깊숙이 감춰져 있을지도 모를 일이다. 서로 눈을 마주치지 못하고, 간간이 꼴깍거리고 침 삼키는 소리만 들릴 뿐. 우리는 침묵 속에서 땀을 흘리며 앉아 있었다.

샤워를 다 한 그녀가 그 긴 머리를 수건으로 올리고 나와, 방으로 갈 때까지 우리는 모두 음탕한 젊은 남자들이었다.

만리포해수욕장의 모래만큼이나 많고 많은 사람 중에 어쩌다 광천이라는 시골에서 국방의 의무로 만나 젊음을 불태웠을까. 젊음이 이글거리는 만리포해수욕장에서 시원한 파도 소리에 젊은 하루를 잠재우며, 갈매기 날갯짓에 젊은 꿈을 날려 보냈던 만리포해수욕장.

그 당시, 같이 발칙한 상상을 하던 동료들은 지금쯤 어디서 무엇을 하고 있을까. 부산에 사는 심술궂은 키 작은 박 병장, 수원이 집인 이미 결혼하여 아이 아빠였던 술 탁주꾼 이 병장, 노래와 기타 솜씨가 가수 수준인 인천의 김 병장, 식당에서 근무했던 술 취하면 울던 찌질이 심 상병.

제대 후 몇 번의 편지는 주고받았었다. 한 번쯤은 만나 얇은 주머니를 털어 소주로 회포를 풀었던 추억도 있다. 그러나 거기까지뿐이었다.

소중한 시절의 인연을 이어가지 못하고 추억 속으로 젊음도 함께 사라졌다.

그중에 이미 하늘나라로 갔다는 소식을 먼발치로 들었던 전우도 있다.

혈기가 왕성했던 샤워장을 훔쳐보던 그 젊은 날은 아직도 내 마음속에 살아있다. 잊을 수 없는 젊은 시절이 이렇게 한가로운 내 삶에 비집고 들어온다.

추억이 그리워지는 것이 나이 탓인 것만 같아 혼자 빙긋이 웃어본다.

올여름엔 만리포해수욕장에 추억의 조각을 주우러 가봐야겠다.

감

    내가 살던 시골집에는 대문도 없고 이웃 간에 담장도 없었다. 듬성듬성 나무 몇 그루를 심어놓거나, 야트막한 돌담으로 경계를 정했다. 우리 동네는 집안이 모여 사는 집성촌 부락이다. 윗집은 큰 할아버지 댁이고, 중간이 우리 집이었고 아래는 작은할아버지댁이었다. 할아버지 삼 형제분이 나란히 모여 살고 있었다. 그래서 늘 한집 같기도 하여, 사촌과 아니 6촌까지도 가깝게 지냈다. 큰집에는 밤나무와 감나무가 있었고, 작은집 언덕에는 큰 감나무가 네댓 그루가 있었다. 우리 집은 규모가 제일 작고 과일나무가 한 그루도 없었다. 집 간의 경계는 잎이 사철 푸르른 노간주나무와 측백나무가 듬성듬성 있을 뿐으로, 언제고 왕래가 가능할 만큼의 틈새가 있었다.

    아침저녁으로는 참새들이 모여 잔치를 벌이는 곳도 나무 밑이었고, 저녁 해가 질 때면 내가 제일 무서워하던 곳도 시커먼 나무 밑이었다.

    감이 선홍색으로 물드는 가을이 되면, 어렸을 때 그 울타리를 넘나들던 추억이 떠오른다.

가을 햇살이 작은집 감나무에 쏟아져 주렁주렁 매달린 감들이 선홍색으로 빛나고 있었다. 먹고 싶은 마음에 엄마를 졸랐다. 엄마는 땡감이라 바로 먹을 수 없고 따서 며칠 두면 익는다고 하였다. 그 말에 참지 못하는 호기심이 발동한 나는 이튿날 오후, 몸집이 뚱뚱하고 호랑이같이 무서운 작은 할머니의 집을 살피고, 얼른 집으로 돌아와서 뒤꼍으로 향했다. 언덕을 올라 측백나무 사이를 비집고 작은 집 감나무로 향했다. 가슴이 두근두근 방망이질을 시작했다. 눈앞에 감만이 크게 보였다. 얼른 두 개를 따서 양쪽 주머니에 넣고, 두 개는 따서 양손에 들고 누가 보고 있나 살펴보며 울타리를 다시 넘어왔다. 감출 곳을 찾다 보니 엄마 장롱이다. 엄마가 항상 소중한 것은 장롱에 감춰두는 것을 보았기에, 장롱 옷 사이에 감춰놓고 기다렸다.

이튿날 이젠 됐겠지. 하고 한 개를 가져다 한입 덥석 물었다. 이게 웬일인가 달콤한 맛을 기대했는데, 너무 떫어 먹을 수 없어 뱉어 버리고 말았다. 그리곤 감에 대하여 까마득히 잊었는데 어느 날 엄마가 소리쳤다. "누가 감을 옷장 속에 넣었니. 감이 썩어 옷을 다 버렸잖니." 나는 못 들은 척하였다.

며칠 후 작은할머니가 뒤뚱거리며 감을 한 바구니 가지고 오셨다. 나는 작은할머니와 마주치자 또다시 가슴이 두근거렸다. 할머니는 감을 소금물 항아리에 넣어 아랫목에다 이불을 씌워 놓으며, 이틀만 기다리면 달콤한 감이 될 것이라고 하셨다. 감은 달콤했다. 떫은 감은 그렇게 소금물에 우려서 먹었다.

추운 겨울 어느 날 외갓집을 갔었다. 외할머니께서 눈이 하얗게 덮인 장독으로 가시더니 언 홍시를 먹으라고 숟가락과 함께 주셨다. 녹는 대로 먹어야 해서 갑갑하긴 했지만, 난생처음 먹어보는 시원하고 달콤한 맛이었다. 외할머니의 따뜻한 손길 속에서 나는 달콤함에 젖어 있었다. 그날 밤, 외사촌 동생이 무슨 이유 때문인지, 너희 집에 가라며 울고불고 난리를 쳤다. 그때 벽에 걸린 등잔불이 문풍지 사이를 비집고 들어오는 바람에 한들한들 흔들려, 검은 그림자가 왔다 갔다 움직이고 있었다. 횃대에 걸린 옷자락의 그림자가 커졌다 작아졌다 하여 무서움을 더했다. 밖은 깜깜하여 집에 돌아갈 수도 없었다. 그날 외할머니께서 내 편을 들어주셔 홍시를 끝까지 먹고 잠을 잘 수 있었다. 홍시의 얼음덩어리가 아삭거리며 녹아내는 달콤함이었다.

외할머니의 관심이 나에게로 쏠리는 것에 대한 시샘으로 동생은 심술이 났던 거다. 지금도 차가웠던 홍시를 먹던 그날 밤이 아직도 생생하다.

동생이 생떼를 부려도 그 감을 다 먹은 유년의 겨울밤은 무척 추웠다.

몇 년 후, 우리 집에도 감나무가 생겼다. 삼촌이 헌 집을 샀는데, 그 집 뒤꼍에 있는 감나무 두 그루를 옮겨와 우리 집 언덕에 심었다. 그 후부터는 가을이면 감 따는 재미에 푹 빠졌다. 제법 그럴듯한 감채도 만들어 땄는데 할머니께서 "꼭대기에 있는 감은 한 개 남겨 두거라. 까치밥이란다." 그렇게 할머니는 나에게 함께 살아가는 생명에 대한 배려도 가르쳐 주셨다.

할머니께서 돌아가시기 전, 치매로 영동에 있는 요양원에 계실 때였다.

면회를 하러 갈 때 나는 할머니가 좋아하시던 감을 사서 갔다. 할머니는 말랑말랑한 홍시를 드시고 내 무릎을 베고 편안한 모습으로 주무셨다.

할머니는 모두 몰라봐도 장손자인 나를 기억하고 계셨다. 내 손을 잡고 눈을 맞추고, 가장 많은 사랑을 주었던 첫 손자를 기억해 내셨다.

나는 어릴 때부터 할머니 사랑을 제일 많이 받으며 성장했다. 중학교 입학할 때부터 청주에 방을 얻어 군 입대 전까지 할머니는 나를 보살펴 주셨다.

할머니께서는 낯선 요양원에서 모르는 사람들과 정신 줄을 놓으신 고단한 삶을 사셨다.

붉은 저녁노을을 등에 지고 집으로 돌아오는 영동에는 길목 좌판마다 감으로 넘쳐났고, 길가 가로수에는 저녁노을에 반짝이는 주황색 감이 주렁주렁 매달려 있었다. 할머니에 대한 추억이 주황색으로 붉게 물들어 발길을 더디게 붙잡았다. 인생의 마지막 길이 애달프고 가련한 비감에 젖어 발길이 너무도 무거웠다. 어쩔 수 없이 할머니를 낯선 곳에 홀로 남겨두고 돌아오는 내 가슴에도 주황색으로 붉게 물들었다.

할머니는 그 후, 한 달 남짓, 고단한 삶을 사시다 먼길을 떠나셨다.

언덕에 있는 할머니와 함께 정들었던 감나무도 세월의 무게를 이기지 못하고 가지가 부러지고 점점 초라해져 갔다. 할머님이 돌아가신 후 몇 년이 지나 헌 집을 개축하면서 베어졌다. 그루터기만 덩 그러니 남아 추억을 붙잡고 있었다. 재작년 봄, 감에 대한 추억이 그리워 베어낸 자리에 대봉감나무를 사다 심었다. 올봄에 감꽃이 드문드문 피더니 감이 네댓 개 달렸다.

몇 년 만에 보는 감이던가. 마치 할머니를 다시 보는 듯 반가웠다.

내년에는 할머니와 함께 따던 감나무처럼 주렁주렁 달릴 것으로 기대하며, 아직은 푸른 감에서 할머니의 모습을 떠올려 본다.

엿

오랜만에 서울에 있는 친구가 왔다. 그동안 쌓아두었던, 학창 시절부터 군대는 물론 최근에 있었던 많은 이야기를 나눴다.

식사를 하고 문을 나서는데 계산대에 오동통한 엿가락이 수북이 쌓여 있었다. 한 개씩 손에 들고 나서며 한 조각 떼어 우물우물하니 엿이 녹아 입안 가득 단물이 고였다. 얼마 만인가. 한동안 잊고 있었던 어릴 적에 먹었던 감미로운 맛이 입안에서 감돌았다.

달콤한 맛을 음미하니 엿에 대한 옛 추억이 달착지근하게 퍼진다.

엿을 처음으로 먹어본 것이 언제였던가. 학교에 가기 전 어렸을 때, 막내 고모는 진외가를 가거나, 운동회 구경을 하러 갈 때 든 나들이 구실이 생기면 꼭 나를 데리고 다녔다. 심심해서 데리고 다녔는지, 나들이 구실을 삼기 위한 것인지는 잘 모르겠다. 시집가기 전까지 그렇게 어디를 가든 꼭 데리고 다녔다. 그래서 나는 고모를 잘 따랐다. 고모가 시집가던 날이었다. 마당에 큰 차일이 처지고 동네 사람들이 다 모여 북적였다. 닭을 날리던 모습과 연지 곤지 찍고 고개 숙이고 있는 고모를 양쪽에서 아주머니들이 부축하여 절을 시키던 모습이 생생하다. 제일 기억에 남는 것은 고모부가 가마를 타고 동네 골목으로 들어올 때다. 짓궂은 동네 청년들이 신랑 다루기를 한다고 재를 삼태기에 가득 담아 담벼락 모퉁이에 숨어 있다 고모부에게 덮어씌웠다. 깜짝 놀란 고모부가 가마에서 뛰어내렸다. 어린 나로서는 잘 이해가 되지 않는 풍경이었다. 그렇게 요란하게 결혼식을 한 고모가 며칠 안 보이더니 엿이랑, 알사탕 등 과자와 떡을 싸서 오셨다.

그중에 기다랗고 겉에 하얀 가루가 묻은 엿이 제일 맛있었다. 기억으로는 그때 태어나서 처음으로 먹어본 엿이었다. 어렴풋이 고모를 자주 보지 못할 것이라는 슬픔 속에서도 달콤하고 쫄깃했던 맛이 아련했다.

어느 초가을 날, 우리 동네에 허름한 옷차림을 한 엿장수 한 분이 엿판을 지고 오셨다. 동네 형들이 엿치기를 한다고 모여들었다. 엿을 분질러 구멍이 제일 큰 사람이 이기는 시합이었다. 우리들은 옹기종기 모여 분질러진 엿을 한 조각씩 얻어먹었다. 무엇과도 비교되지 않는 맛으로 혀끝에 녹아들었다.

그날 오후 해가 넘실넘실 서쪽 하늘에 걸치고 있을 때쯤이었다. 그 엿장수는 술에 취하여 남루하고 누추한 모습으로 바지가 젖은 채로 허물어져 가는 담장에 기대어 자고 있었다. 붉은 석양빛에 물드는 엿판은 기울어진 채로 담장에 걸쳐, 주인과 같이 졸고 있는 모습이 어린 눈에도 안쓰러운 생각을 들게 했다. 마침 동네 할아버지

회갑 잔치에서 공술을 과하게 먹어 탈이 난 풍경이었다.

짤랑짤랑 엿장수 가위소리가 동네에 퍼질 때면 골목에서 놀다가 집으로 달음박질했다. 마루 밑이라든가 부엌, 광, 헛간들을 뒤지기 시작했다.

떨어진 고무신, 빈 병, 고장 난 농기구를 찾기 위하여 바쁘게 뛰어다녀 보지만 만만한 게 없다. 겨우 빈 병 하나를 찾았지만, 석유 병 해야 한다고 엄마가 빼앗았다. 엄마가 안 보는 사이에 헛간에 걸려 있는 마늘을 한주먹 따다 엿장수에게 내밀었더니 엿을 한 도막 잘라 주었다. 마늘이 한 모퉁이 없어진 것을 엄마는 아시는지 모르시는지 눈치를 살폈지만, 아무런 말씀이 없으셨다. 알고 계시면서도 모른 척하셨나 보다.

신발을 엿과 바꿔먹고 싶어서 동무들과 길바닥에 신발을 문지르기도 하고, 발로 밟아도 보았지만, 검정 고무신은 쉽사리 떨어지질 않았다. 애꿎은 고무신만 구박을 받았다. 동네에서 가까운 사격장에서 탄피를 주어다 엿을 바꿔먹었다. 산 밑 흙 속에 박혀 있는 총탄 파편을 호미로 캐다 군인 아저씨들에게 쫓겨나기도 하였다. 달콤한 엿 맛을 본 우리들은 위험한 일도 마다하지 않았다. 그만큼 엿은 우리들에게 환상적인 주전부리였다.

언제부터인지는 모르지만, 입시 철이 되면 수험생에게 엿을 선물하기도 한다. 엿처럼 끈적끈적 붙으라고 합격을 기원하는 의미를 담았을 거다. 심지어 교문에 엿을 붙여놓고 두 손 모아 기도하는 어머님들도 있었다.

그만큼 우리와 밀접하고 친숙한 엿이다.

이런 추억이 있는 엿을 오늘 우연히 먹게 되었다. 달콤하게 입에 고이는 맛이 있어, 오랜 친구같이 반갑다.

엿 하나를 먹기 위해 신발을 돌에 문지르고, 헛간에 있는 어머님이 힘들게 농사지으신 마늘에 몰래 손을 대고, 위험한 탄피를 주우러 다녔던 나의 어린 시절의 추억이 입안 가득 단물로 고인다.

아버지와 목욕

벚꽃이 마지막 몇 잎을 남긴 따스한 4월의 어느 봄날이었다. 아들이 초등학교 2학년, 딸은 입학 전이었던 것 같다. 작은 차에 할머니, 아버지, 어머니, 아내, 아들, 딸 등 온 가족이 빼곡히 타고 수안보로 향했다. 겨우내 목욕 한번 제대로 못 하신 어르신들 바람도 쐴 겸 목욕하러 갔다. 딸은 할머니 무릎에서 재롱을 떨고, 아들은 할아버지 할머니 틈새를 왔다 갔다 하며 좁은 차 안에서 소란을 피웠다. 막 피어나는 연초록으로 물들어가는 산을 바라보며 금빛 같은 봄 햇살 속으로 조심스럽게 달렸다. 나만 믿고 모두 들떠있는 가족들을 태우고 산길을 달린다는 부담에 긴장이 되었다. 수안보에서 제일 크다는 호텔 목욕탕에 도착하여, 아내에게 연로하신 할머니 잘 모시라 당부하고, 두 편으로 나누어 탕 안으로 들어갔다.

"아들! 할아버지 등 밀어드리자" 아들이 앙증맞은 손에 이태리타월을 잡고 온다. 난생처음 아버지 등을 마주하고 앉아 조심스럽게 손을 대보니 앙상한 어깨뼈가 만져진다. 아버지께서 이렇게 마르셨던가. 피부도 거칠고 늘어져, 마치 장작개비를 만지는 듯하다. 5남매 자식들 키우느라 진이 다 빠지신 모습이다. 모두 우리 자식들 탓이려니. 그중 내 탓은 얼마나 될까? 장남이니 제일 많이 끼쳤으리라. 안타까운 마음이 욕탕에서 수증기 속으로 피어오른다. 왼쪽 어깨는 아들이 오른쪽 어깨는 내가 잡고 때를 밀었다. 아들이 제법 어른처럼 때를 밀기 시작한다. "아이쿠 시원하다. 우리 손자가 최고다." 하시며 흡족해하셨다.

옷을 다 벗고 삼대가 나란히 있으니 뿌듯했다. 아버님이 손자를 바라보는 눈빛이 그윽하여, 손짓 하나에도 그저 빙긋이 웃으시며 눈을 떼지 못하신다. 그 모습을 바라보는 나 또한 가슴이 뿌듯했다. 천천히 등을 밀어드렸다.

아들의 재롱과 함께 아버지의 등을 구석구석 닦아드리며, 애잔하게 느껴지는 감정이 울컥거리고 올라오는 것은 같은 핏줄의 동질감이었을 것이다.

'아! 아버지'라고 속으로 불러보았다. 언제는 내 아버지가 아니었을까마는 이런 감정을 처음 느껴보는 것 같았다. 그만 됐다고 하시면서도 움직이지 않고 그대로 계시는 아버님은 그 손길을 즐기고 계신 것을 알 수 있다.

내가 이렇게 좋은데 구부리고 계신 아버님은 그 손길에서 무엇을 느끼고 계실까. 눈물이 난다. 우리 삼대는 그렇게 살을 맞 대고, 같은 핏줄의 동질감을 확인하며 뭉클한 정을 나눴다. 자주 이런 기회를 만들어야지 하면서도 그러지 못하고 다시 바쁜 일상생활로 돌아왔다.

손자 장가가서 증손자 낳는 것은 보셔야 한다고 하면, 손사래를 치셨다.

　어느 날 갑자기 속이 쓰리시다고 동네 병원을 가셨다. 큰 병원으로 가보라고 했다. 긴장은 했지만, 결과가 그렇게 참담할 줄은 몰랐다. 수술 도중 의사가 나를 불렀다. 가슴이 철렁했다. 수술하는 모습을 보여주며 이미 암세포가 모든 장기로 퍼져 수술의 의미가 없다고 했다. 그때의 절망감은 수술실의 밝은 조명등이 캄캄해 보일 정도였다. 눈앞에 아무것도 보이지 않았다. 의사가 "그래도 수술을 강행할까요?"라고 물었다. 나는 눈앞이 안개처럼 뿌옇게 흐려지는 것을 느끼며 "선생님 판단에 맡길게요." 겨우 모깃소리만 하게 답하고 수술실을 나왔다. 그 뒤 6개월을 못 사셨다. 왜 그리 빨리 우리 곁을 떠나셔야 했는지. 안타까움이 솟구친다.

　아들이 수능을 얼마 남기지 않은, 고 삼 가을날, 아버지가 위독하여 가족들 모두가 지켜보고 있었다. 손자가 늦게 병원에 도착하여 할아버지 손을 잡는 순간이었다. 천둥소리처럼 크게 마지막 숨을 몰아쉬며 숨을 거두셨다.

　아들이 태어났을 때 제일 먼저 아버지께 전화를 드렸다. 평소 과묵하시어 속내를 표현하시지 않아 무척이나 어려웠던 아버지였는데, 그날만큼은 기뻐하시는 모습이 역력하셨다. 그렇게 예뻐하고 든든해 하시던 손자를 기다리시느라 마지막 숨을 참으셨나 보다. 아버지는 그렇게 가셨다. 아버지는 감촉이 살아있을 때 느끼고 싶었을 그 손을 잡고 가셨다. 아버지의 자식 사랑 마음이 그렇게 전달되는 것을 본 우리는 가슴 저미는 통곡을 했다.

　아버지께서 떠나시고 3년 후에 할머니께서 뒤따라가셨다. 아들을 먼저 보낸 충격으로 할머니께서는 아버지 돌아가신 후 바로 3년을 병석에 누워 계셨다. 자식과 부모의 관계란 그런 것이다. 자식을 앞세운 부모는 가슴에 묻는다고 하지 않던가. 할머니께서 아들을 먼저 보내고, 가슴에 불덩이를 넣고 산 세월이 어디 정상적인 삶이었겠는가.

수안보에서 아버님의 등을 밀어드린 이후로, 아버님과 목욕을 함께한 적이 없는 것 같다. 아버님 등을 기억하면서도 그런 기회를 만들지 못했다.

언제까지나 함께 할 것만 같았던, 아버지께서 그렇게 빨리 우리 곁을 떠나시리라고는 생각도 못 했다.

벚꽃이 하얗게 떨어지던 날, 온 가족을 작은 차에 태우고 수안보로 향하던 그 날, 우리는 많이 행복했었다. 아버지가 그렇게 마지막 숨을 참고 기다렸던 손자가 장가를 갔다. 나에게도 손자가 태어나면 아버지를 추억할 수 있는 곳으로 여행을 떠나고 싶다. 그리고 아버지께서 그리하셨듯이 나도 아들, 손자에게 등을 내밀어 보고 싶다. 구부리고 앉아 그 손들의 감촉을 느끼며, 내 핏줄이 주는 감동이 어떤 것이었는지 느껴보고 싶다. 아버지가 느낀 감정은 아니겠지만, 아들과 손자의 손을 통해 같은 핏줄의 동질감을 느껴보리라.

2부

겨울 바닷가에서

바다는 추억으로 일렁인다.
물비늘 반짝이는 잔잔한 바다에는 사랑의 설렘과 추억이 있다.
애틋한 사랑과 이별의 슬픔도 일렁이는 파도 속에서
물안개처럼 피어난다.

겨울 바닷가에서

언제 보아도 변하지 않고 너울대는 푸르른 바다. 찬바람은 여전히 그 자리에 머물러 푸른 물결은 더 푸르게 다가온다. 소금을 머금은 차가운 바닷바람 한줄기 얼굴에 스쳐 간다. 물이 지나간 모래톱 가장자리에 갈매기 떼가 옹기종기 모여 있다. 하얀 모래 위에 앉아 있는 갈매기 떼를 향하여 다가갔다.

사람 보는 것이 익숙해서인가. 오랜 세월에 경계심이 무뎌졌을까. 가까이 다가가도 두려움이 없다. 옆에까지 다가가야 반응을 보인다. 그 시절 많던 갈매기 떼들은 어디로 갔을까.

갈매기들이 지나간 자리, 모래밭 속에 또 다른 작은 생명체가 살아 숨 쉬는지 물방울이 뽀골뽀골 올라온다. 구멍에서 작은 게들이 꼼실꼼실 쉼 없이 움직인다. 다시 밀물이 차오를 때를 기다리며, 캄캄한 모래 밑에서 숨죽이고 있는 기다림이다. 언제쯤 물이 들어오려나. 쉴 사이 없이 들락거리며 주변을 경계하는 듯하다. 자신들이 이룩한 영역의 표시일까. 보금자리를 만들면서 나온 모래를 소복이 쌓아 작은 탑을 만들고, 주변을 쉴 사이 없이 움직인다. 여전히 변함없는 모습으로 모래밭을 일구며, 모래 속에 집을 짓고 그 속에서 사랑을 나누며 살아가고 있나 보다.

멀리 수평선에서부터 달려온 파도는 모래밭 끝에 하얗게 부서졌다. 부서진 하얀 조각들은 물결 따라 밀려간다. 찬 바람이 다시 몰아친다. 지난 시절 옆에서 옷깃을 여며주던 따뜻한 손길은 어디로 갔는가. 사랑은 언제고 변할 수 있는 것이라지만, 그렇게 아무 일도 없었다는 듯, 덩그러니 추억만을 남기고 흔적도 없이 사라짐이 현실로 믿어지지 않는다. 다시 올 수 없다는 사실을 알기에 아쉬움은 더 크게 다가온다. 따스한 손을 맞잡고 바라보던 수평선 위로 태양은 붉은 양탄자를 펼쳐놓은 듯 길을 만들며 떠올랐었다.

황금 길을 바라보며 영원할 것 같았던 사랑을 고백했었다.

결코, 현실이 될 수 없는 지나간 첫사랑 추억을 갈매기 날갯짓 속으로 날려 보내며, 허전한 발길을 돌렸다.

해안가에는 모래밭 경계에 갈대로 엮은 모래 방지막이 촘촘히 세워져 있었다. 언젠가 서해안 어디쯤에서 보았던, 해안선 따라 쳐진 철조망이 연상되어 무장간첩 때문이라 했다. 엉뚱한 대답에 웃음이 쏟아졌다. 깔깔거리는 웃음소리가 방지막 틈 사이에 쌓여 있는 모래에서 아직도 바람결에 들리는 듯하다. 우리가 나눴던 대화만큼이나 수많은 모래가 갈대발 아래에 쌓였다.

세월이 흘러가면 추억이 잊힐까 염려되어, 모래 방지막을 따라 위치를 확인해 본다. 먼 훗날 그 시절 추억이 그리워 방지막 아래 모래 언덕을 찾을 때, 금방 찾을 수 있도록 주변보다 모래를 더 많이 쌓았다. 세월이 지나도 지금처럼 모래가 소복이 쌓여 있기를 바라며 바다 쪽으로 향했다.

해변가를 따라 배들이 모여 있는 항구로 발길을 돌렸다.

바다 위에 있는 전망대는 아래가 훤히 보이는 투명한 유리로 만들어져 살얼음 위를 걷는 듯하다. 발아래로 성난 물결이 출렁인다. 순간 발가락이 움찔 오그라든다. 억지로 발가락을 펴며 유리 위를 조심조심 걷는다. 유리가 깨지면 몇십 미터 푸른 바다 위로 풍덩 떨어질 거란 상상에 온몸이 움츠러든다. 전망대 난간을 잡고 나란히 수평선을 바라보던 그녀의 모습이 아련히 다가온다.

방파제 아래로는 어깨동무하듯 고기잡이배들이 옹기종기 모여 있다. 자기들끼리 몸을 붙잡아 매어, 물살에 저항하며 찬바람에 맞서고 있다. 작은 배라고 얕보지 말라는 듯, 울긋불긋 만국기를 휘날린다. 자신들의 위용을 자랑하듯 한 몸으로 일렁인다. 아직 고기잡이 시기가 안 되어 출항을 못 한다 했다. 언제고 출발 신호만 들리면 달릴 준비가 다 된 출발선에 있는 것처럼 초조함이 뱃전에 가득하다. 긴장감이 넘쳐 뱃전에 매어 놓은 밧줄에 바람이 스치며 '팽팽' 소리가 난다. 나는 추억의 끈은 놓치지 않으려 기억의 밧줄을 '팽팽'하게 당긴다.

멀리서 작은 배가 하얀 물살을 일으키며 지나간다. 배가 남긴 하얀 물거품은 표시도 없이 사라진다. 사랑 역시 갈 때는 표시도 없이 추억의 흔적만을 덩그러니 남긴 채 세월 속으로 묻혀 가나 보다. 점점 희미해져 가는 추억의 조각들을 힘겹게 끌어모았다.

어쩌면 추억을 고스란히 간직한다는 것이 어려운 것인지도 모르겠다.

바다는 그리움의 고향이다. 푸른 물이 끊임없이 파도치는 해변에서 바라보면 고요히 일었다가 사라지는 흰 물살은 낭만이고 그리움이다. 그곳엔 그리운 사람이 올 것만 같은 환상이 있다. 파도를 밀어낸 잔잔한 바다엔 그리움이 신기루처럼 나를 하염없이 머무르게 한다. 푸른 바다가 내려다보이는 바람 부는 언덕엔 등대 하나 외롭게 서 있다. 저 멀리 수평선 너머로 떠나는 배들의 무사 귀환을 기다리며 밤새워 영혼의 빛을 밝히고 있지 않은가?

바다는 추억으로 일렁인다. 물비늘 반짝이는 잔잔한 바다에는 사랑의 설렘과 추억이 있다. 애틋한 사랑과 이별의 슬픔도 일렁이는 파도 속에서 물안개처럼 피어난다.

푸르른 바다를 내려다본다. 언제나 한결같은 푸른빛이다.

찬바람 한줄기 파도 위를 지나 푸른 물결 일렁인다.

추억으로 남겨진 사랑의 사연들을 발아래 바닷물 속으로 '뚝뚝' 떨어뜨린다.

기다림

결혼 후 한동안 기다려도 아기 소식이 없었다. 일 년이 넘도록 소식이 없자 아내는 시골집에 가지 않으려 했다. 집에 갈 때마다 이웃집 아주머니들이 "며느리 잘 얻었네."라며 덕담을 하면, 어머니께서는 "잘 얻었으면 뭐 해, 밥값도 못하는걸" 하셨다. 어머니께서는 의미 없는 겸손의 말씀으로 하셨지만 듣는 아내는 힘겨워했다. 나는 아내 눈치를 보고, 아내는 주눅이 들어 어려워했다. 불임이어서 장손 노릇을 못 하는 것이 아닌가 하는 불안한 마음이 들었다. 슬그머니 병원에 가서 검사를 받았다. 이상 없으니 기다리란다. 아내에게 안심을 시켰지만 기다림은 길었다.

그렇게 시간이 흐른 어느 날. 병원에 갔던 아내가 임신이라고 얼굴을 붉히며 설레는 모습으로 말했다. 나는 임신이라는 말이 꿈결에 듣는 것처럼 아득하게 귓전에 남았다. 가장 먼저 아내가 시골집으로 전화를 하라고 했다.

그만큼 마음이 편치 않은 시집살이를 한 것이다. 들뜬 마음으로 밥값을 했다고 당당하게 이야기하고 싶은 아내 마음을 대변하여 어른들께 사실을 알렸다. 어머니는 수고했다고 몇 번이고 말씀하시고, 누구에게인지 모르지만 '감사합니다'라는 말을 연발하셨다.

그 당시 나는 꿈도 희망도 저당 잡힌 할부 장수를 하고 있을 때였다.

그날따라 가랑비가 오락가락했다. 설레는 마음을 감추고 출근하여 여기저기 기웃거리다, 다리도 쉴 겸 시내가 내려다보이는 언덕위에 있는 허름한 집 처마 밑에서 비를 피하고 있었는데, 멀리 우암산 쪽으로 무지개가 떴다.

그것도 커다랗고 선명한 쌍무지개였다. 장차 태어날 나의 분신인 아기의 해맑은 모습과 아내의 웃는 얼굴이 어렴풋이 무지개 위로 겹쳐 보였다.

가장으로서의 책임이 나를 다시 일어나게 했다.

아기가 태어날 때까지 열 달은 뿌듯하고 행복한 기다림이었다.

아기가 태어날 때가 가까워진 날이었던 것 같다. 그땐 전화기도 없어 늦게 귀가한다는 연락도 할 수 없는 상황이었다. 늦게까지 친구들과 놀다 새벽녘에 집에 들어가는데, 생각지도 못한 아내가 집밖 아파트 처마 밑에서 남산만 한 배에 손을 얹고 기다리고 있었다.

무슨 일이 있는 걸까? 깜짝 놀라 가슴이 철렁했다. 불안한 마음으로 아내의 눈치를 살피니 다행히도 별말이 없었다. 칠흑같이 어두운 시간에 도로변의 희미한 가로등 불빛에 의지한 체, 아내는 어떤 생각을 하며 지루함과 무서움에 무한정 기다리고 있었을까.

아내가 얼마나 초조해하며 형편없는 남편을 기다렸는지 고개를 들 수가 없었다. 가장으로서 무책임한 행동을 스스로 크게 꾸짖는 계기가 되었다.

그 후로 늦게 되면 분홍색 비로드 임신복을 입고 어둠 속에서 기다리던 배부른 아내의 모습이 떠올라 발걸음을 서두르게 했다. 나는 지금도 어떤 기다림이건 기다려야 하는 시간이 되면 항상 그때 아내의 기다림을 생각하곤 한다. 젊은 여자의 몸으로 무서움과 초조함에 눌려 있었을 아내의 모습을 상상한다. 그리곤 아내를 힘들게 한 내 잘못을 반성한다.

예정일이 지나도 우리 아가는 태어날 기미가 없다. 3일을 기다렸다.

병원에서는 아기가 점점 자라나니 유도분만을 해야 한단다. 의사가 수술을 권했지만, 공무원으로 발령받아 얼마 지나지 않은 수습 기간이라 의료보험 카드가 없어, 자연분만을 했으면 하고 기다렸다. 그 상황에서 참으로 어처구니없게 나는 돈 걱정을 해야 했다. 아내는 땀을 뻘뻘 흘리며 힘들어 했지만, 아기는 더 기다려야 한다고 버티며 나올 기미를 보이지 않았다.

의사는 아기가 맥박이 떨어지니 불가피하게 수술을 해야 한다고 위급해 가는 상황을 알렸다. 아기가 맥박이 떨어진다니, 나는 그때야 현실을 직시하고 수술동의서에 서명했다. 그래서 아들은 엄마를 억지로 열고 세상으로 나왔다. 그런데 산모가 피를 많이 흘려 수혈을 해야 한다고 했다. 너무 기다리다 난산하는 것은 아닌가. 모두가 내 무지한 탓인 것 같아 혼란스러웠다.

캄캄한 늦은 밤에 혈액원으로 뛰어가서 아내가 맞을 피를 사 왔다.

수혈하는 동안 나는 몇 번이고 미안한 마음에 아내의 눈을 똑바로 바라볼 수가 없었다.

어렵게 태어난 아들이 장가를 갔다. 크는 과정이 힘들이지 않고, 공부도 스스로 하고, 제 앞길도 알아서 헤쳐나가는 등 순조롭게 커줘서 고마운 아들이다. 아내와 나는 그 아들의 임신 소식을 기다린다. 어머니같이 겉으로 말하지 못하고, 며느리 눈치 보며 속으로 끙끙거리며 기다린다.

아들은 모른다. 결혼하고 아기 소식이 없어 전전긍긍하던 우리들의 기다림을. 그리고 태어날 적에 엄마 배에서 나오려 하지 않아, 나는 가장으로서의 무능함에 한동안 자책하던 젊은 시절이 있었다는 것을.

부모도 자식을 키워가며 어른이 되어 가는 것 같다. 처음부터 좋은 아버지는 없을 것이다. 이미 준비되어서 자식들이 어른으로 내 곁으로 오는 것이 아닐 것이니, 함께 배우며 성장해가는 것은 아닐까.

그래서 서로 있는 그대로 바라보며 기다려 주는 것이 가족인 것 같다.

봄날은 간다

봄날의 앞장을 열었던 노란 산수유, 개나리꽃도, 온 세상을 하얗게 물들였던 벚꽃도 진지 오래다. 이젠 영산홍 붉은 꽃이 지고 파란 잎으로 채색되며 봄날은 간다. 연초록빛 버드나무 하늘하늘한 가지에는 물감을 칠하듯 푸름이 짙어지며 봄날은 가고. 연초록 여린 새싹에 반짝이는 이슬방울은 햇살에 흔적도 남기지 않고 사라지며 봄날은 지난다. 싱숭생숭한 봄바람에 송홧가루 사방으로 날리며 봄날도 가고, 여인들의 잠자리 날개 같은 하늘하늘한 옷차림에서도 봄날은 간다. 점심만 먹으면 나른하여 눈꺼풀 속으로 아지랑이가 아른아른, 꿈속인가 일상인가 일장춘몽 속에서도 봄날은 지나간다.

'연분홍 치마가 봄바람에 휘날리더라. 오늘도 옷고름 씹어가며/ 산 제비 넘나드는 성황당 길에/ 꽃이 피면 같이 웃고 꽃이 지면 같이 울던/ 알뜰한 그 맹세에 봄날은 간다.'라는 장사익의 애절한 노랫가락에서도 봄날은 간다.

어디 봄날만 가는가? 오면 가고, 가면 오는 것을 세월이라 하지 않던가.

　가는 것이나 오는 것을 반복하며 세월이 쌓여 연륜으로 남을 거다. 쌓이는 연륜 속에서 우리의 삶은 만남과 이별로 구분하여, 기쁨과 눈물로 가슴앓이를 하며 사랑을 맞이하고 보내곤 한다. 모든 것을 채우고 남을 것 같은, 삶의 전부인 것 같던 뜨거운 사랑도 세월의 흐름에 따라 변해가듯, 사랑하는 사람이나 미워하던 사람도 언젠가 잊혀져간다. 우리 삶 주변의 모든 삼라만상이 가면 다시 오며 반복하는 듯 보이지만, 지나간 사랑이 다시 오는 사랑과 같은 사랑이 될 수 없듯, 지나가는 봄이 내년에 다가오는 봄과 똑같은 봄이 될 수 없을 것이다. 어쩌면 똑같은 봄 일진데, 지나가는 내가 지금의 내가 아닐 게다.

　내일이 온다고 오늘과 똑같은 하루일 수 없다. 같아 보이지만 또 다른 하루 일 뿐인걸. 그렇게 다람쥐 쳇바퀴 돌듯 우리는 돌아가고, 그 자리에 다시 오는 똑같이 반복되는 것으로 보이지만, 그 자리가 같은 자리는 아니다. 봄날은 갔다 내년에 다시 오고, 나 역시 그 자리에 있겠지만, 또 다른 내가 거기 있을 뿐. 모든 삼라만상이 똑같이 반복하는 것은 없다. 똑같아 보이지만 조금씩 다른 모습으로 쌓여, 많은 시간이 흐른 후에는 지금과 비교하면 아주 다른 모습으로 변하는 것을 우리는 '세월이 간다.'라고 말하는 것이다. 먼 옛날에 있었던 내가 지금의 모습일 거라는 상상도 못 했던 것처럼, 앞으로 몇십 년 후에 나는 어떤 모습으로 어떻게 존재할 것인지 전혀 상상할 수 없다. 주변의 모든 것들도 변하여 지금의 모습과는 전혀 다른 모습일 것이다. 우리가 모르는 사이 조금씩 변하고 있어, 감지하지 못하고 있을 뿐. 세월은 그렇게 쌓이며 흘러간다.

봄은 가고 또다시 내년에 이 자리에 모여 울긋불긋 물들이며, 지금처럼 화사하게 다시 꽃을 피울 것이다. 나의 봄날은 무엇을 남기고 지나고 있는가. 단순히 또 한 해의 시작에 불과한 계절이 스쳐 가는 의미밖에 없는 것일까. 다시 오는 봄날은 지나는 봄날과는 어떻게 다른 계절이 될 수 있으려나. 미련이 묻어나는 아쉬움을 지는 영산홍 꽃잎에 묻어본다. 내년에 다시 만날 봄날의 두려움일랑 아지랑이 속으로 날려 보내고, 또 다른 미지의 새로운 봄을 기대해 본다. 두려움과 기대감이 교차한다.

어느 시인이 '예습도 복습도 없는 단 한 번의 인생의 길'이라고 말했듯이, 덧없이 흘러가는 세월 속에 나를 살찌울 수 있는 새로운 봄날을 기대해 본다. 마지막 가는 봄바람의 꼬리를 살며시 잡아본다.

아리랑

　무료함을 달래려 텔레비전 채널을 돌리던 중 애절한 아리랑 연주 소리가 들렸다. 한국전쟁에 참여했던 한 노병老兵이 미 육군 군악대에 아리랑 연주를 부탁하였다. 군악대는 그 노병만을 위하여 아리랑 연주를 하고 있었다. 아리랑 선율이 애절하게 흐르는 가운데 노병의 머릿속에는 멀고 먼 한국전쟁 기억 속으로 빠져든다. 그때의 참상과 동료들의 모습. 포탄이 난무하는 중 참호 속으로 달려온 동료가 그 대신 파편에 맞고 죽어가던 처참한 모습, 추위에 떨던 양민들의 비참한 생활, 굶주린 아이들, 아리랑을 가르쳐 주었던 가난했지만, 천진난만한 소년의 모습이 필름 돌아가듯 차례로 스쳐 간다. 노병은 눈을 지그시 감은 채 아리랑 연주를 따라 부른다. 노병의 눈에서는 뜨거운 눈물이 주르륵 흘러내렸다. 순간 나도 모르게 목이 멘다. 눈시울이 뜨거워진다.

　'무슨 일이 있더라도 전쟁만은 안 된다.'라고 노병은 마지막으로 호소하며 아리랑 선율과 함께 방송은 끝을 맺는다.

내가 어렸을 때였다. 동네 부잣집에 키도 훤칠하고 잘생긴 일군이 있었다. 유난히도 달이 밝은 어느 가을밤이었다. 우리가 술래잡기하다 지칠 즈음에, 그 일군이 담장에 기대여 통소를 불었다. 우리들은 옹기종기 모여 연주 소리를 들었다. 나중에 알고 보니 아리랑이었다. 아리랑을 어른들이 흥얼거리는 것을 듣긴 했어도 의미를 잘 모르는 나이었다. 어린 마음에도 무엇인지는 모르겠지만, 짜릿하면서도 뭉클하게 가슴속이 짠한 것을 느꼈다. 그것이 무엇일까. 근본적으로 우리 민족의 밑바탕에 흐르는 정서일지도 모르겠다.

아리랑~ 아리랑~ 아라리요~. 우리 민족의 한과 얼이 담겨있는 노랫가락이다. 노래를 듣고 있노라면 콧등이 찡해 온다. 왠지 가슴이 뭉클해져 온다.

아리랑 운율이 처량한 것은 아니지만 어떤 가슴에 숨어 있는 한을 잡아 올리는 가락이 있다.

아리랑은 2012년도에 유네스코가 지정하는 인류무형문화유산에 등재되었다. 아리랑의 뜻은 '아리'는 곱다, 고운의 뜻이고 '랑'은 '님'으로 '고운 님, 그리운 님'이란 뜻이라 한다. 아리랑은 우리나라를 대표하는 노래로 애국가와 함께 온 민족 마음속에 담겨있는 노랫가락이다. 언제부터 부르게 되었는지 모른다. 신라 시대에 사랑하는 여인을 그리워하며 불렀다는 얘기도 있고, 대원군 시절에 궁궐을 지을 때, 떠난 님을 그리워하며 부르던 노래라는 얘기도 있다. 그만큼 언제부터인지는 모르지만, 우리가 알지 못할 만큼 아주 오래전부터 부르던 우리 민족의 정서로 가득 채워진 노래다.

애국가와 아리랑은 공통적으로 우리 민족이 제일 많이 부르며 가까이하는 노래이지만 근본적으로 다른 점이 많다.

아리랑은 민족이라는 단어와 어울린다면, 애국가는 국민이라 표현해야 가깝게 느껴지는 것은 나만의 느낌일까. 애국가가 양복 차림에 나비넥타이를 매고 부르는 것이 제격이라면, 아리랑은 바지저고리에 하얀 두루마기를 입고 부르는 것이 한을 토해낼 수 있는 느낌이다. 애국가가 오케스트라의 연주로 웅장하게 울려 퍼지는 소리라면, 아리랑은 둥구나무 아래에서 하얀 모시 적삼을 입고 부는 퉁소 소리에 어울린다. 목에 피를 토한 끝에 나오는 소리일 것만 같다. 아리랑은 한 옥타브 높은 바이올린이나 퉁소에 어울리는 가락이 아닐까. 목소리 굵은 바리톤보다는 가냘픈 소프라노가 제격이다. 그래야 심금을 제대로 울릴 수 있다. 애국가가 국화國花인 무궁화꽃과 한 쌍이라면, 아리랑은 두견새가 그리움으로 밤새워 피를 토하며 울다 죽어서, 꽃이 분홍색으로 물들었다는 전설이 있는 진달래꽃과 맞을 것 같다. 우리 민족과 같이 생명력이 강하여 척박한 산에서도 잘 자라고, 우리나라 어디 가나 지천으로 피어나는 진달래꽃과 잘 어울릴 거다. 그래서 광복 초기에 진달래가 우리나라 국화國花로 검토되었다고 한다.

우리 민족은 유난히 외침을 많이 받아 한이 쌓였단다.

지정학적으로 반도는 바다에서 육지로, 내륙에서 바다로 확장하려는 세력이 충돌하는 지점이다. 기록에 의하면 970여 회 외침을 받았다고 전해온다. 수많은 침략을 받아 핍박받은 민족이니 얼마나 많은 한을 삭이며 살았을까.

병자호란 때 멀리 북쪽으로 끌려가시는 할아버지를 문밖으로 바라볼 수밖에 없었을 할머니의 마음은 얼마나 비통했을까. 지금처럼 배웅도 제대로 못 했으리니. 부엌문 틈 사이로 옷고름을 입에 물고 울음을 삼킬 수밖에 없었을 테니 그 심정이야 오죽했으랴.

임진왜란 때 바다 건너로 끌려가신 할아버지를 할머니는 고향의 언덕에서 평생을 할아버지를 기다리다 망부석으로 되었다는 전설로 전해져 온다.

언제 올지도 모르는 사랑하는 임을 위해 오직 할 수 있는 일이라고는 정한 수 한 그릇 떠놓고 평생을 빌고 또 비는 수밖에 없었으리니.

그렇게 수천 년의 한이 쌓여 우리에게까지 전해져 오는 정서가 뭉쳐서 아리랑으로 승화되었을 것이다.

노병과 함께 언제 들어도 가슴 뭉클한 아리랑을 따라 불러본다.

이사 가던 날

많은 이사를 하며 살았다. 셋방살이를 전전하며 우리는 새로운 환경에 적응하며 살았다. 그 시절은 그랬다. 참으로 어려운 시절은 불편하고 팍팍한 생활이 당연한 것으로 여기고 살았다. 그래도 그 시절이 그리운 것은, 고생하면서 함께 이어간 추억이 있기 때문이 아닌가 한다.

강산이 변한다는 십 년. 나의 삶을 지탱하게 해주고 지친 나에게 쉼터를 제공해주던 정든 집이다. 우리 가족이 생활할 수 있는 공간을 만들어 주고, 외출하면 돌아올 장소를 만들어 주었던 정든 집을 떠나게 되었다. 아이들을 키우며 뒹굴던 보금자리라 생각하니 고마운 마음이 앞선다. 이 집에서 아이들이 성장하여 각자의 보금자리를 만들어나간 곳이고, 30여 년의 공직을 마무리한 집이기도 하여 정이 듬뿍 들었던 곳이다. 우리 삶의 모든 과정에 마지막으로 겪는 일에는 미련과 섭섭함이 남는 것 같다. 다시 올 수 없는 곳이라 생각하니 섭섭한 마음이 앞선다. 내일 새벽 이사에 대비하여 이 집에서는 마지막이 될 밤을 서두른다. 이런저런 생각에 깊이 잠들지 못하고 정 떼듯 마지막 밤을 하얗게 새웠다.

　이튿날 새벽 미처 일어나기도 전에 이삿짐센터 직원들이 들이닥쳤다.

　옛날에는 이사 한번 하려면 며칠 전부터 짐을 싸고 꾸리고, 친구들이 와서 작은 트럭을 빌려 손으로 나르곤 했었다. 아내가 시집올 때 해온 장롱은 왜 그리 무겁던지 계단 오를 때 모퉁이에 닿아서 긁히고 부서지고 하면 내 몸의 일부가 떨어져 나가는 듯 마음이 아팠다.

　요즘은 포장 이사라고 주인은 가만히 구경만 하고 있으면, 이삿짐센터에서 짐을 꾸리고 날라다 제자리에 놓으면 주인은 정리만 하면 되었다. 학창 시절 손수레를 빌려 이사 한 것까지 친다면 기억도 가물거리고, 모두 셀 수 없이 많다. 신혼 초 전셋집을 전전할 때는 일 년 단위로 계약하여 거의 일 년에 한 번씩 이사를 하였다. 어느 곳에서는 계약 기간이 남았는데 주인이 사용한다고 나가라 하여 난감할 때도 있었고, 사창동 주택가에 살 때는 문틈으로 연탄가스가 들어와 아기가 토하고, 우리도 머리가 아프고 어지러워서 동치밋국을 퍼마셨던 기억이 아련하다. 깜짝 놀란 아내는 이튿날부터 아기를 둘러업고 추운 날씨에 다시 전셋집을 얻으러 다녔다.

　아이들이 조금만 울어도 시끄러울까 봐 주인댁 눈치로 안절부절못했다.

　무더운 여름날 낡은 선풍기 하나에 의지한 채, 문도 걸어 잠그고 자야 하는 고통을 감수했다. 전셋집 얻기도 힘들었다. 아내 얼굴 보기가 민망할 정도로 아기를 업은 채, 며칠씩 발품을 팔고 다녀야 했다. 전세 얻으러 가면 첫 질문이 "아이가 몇 명 있나요" 그러면 무슨 죄인이 된 듯한 마음으로 "둘이 있지만, 아직 어려서요. 시끄럽게 안 할게요"하며 머리를 조아렸다.

알았다고 허락을 받으면 그 주인댁이 마치 부처님이라도 된 듯 인자해 보이기까지 하였다.

이사하는 과정도 너무 힘들어 신혼 5년 만에 4번의 이사 끝에, 전세 돈에 적금을 해지하여 보태고, 동생 돈까지 빌려서 자그마한 헌 아파트를 장만하였다. 주변에서 헌 아파트를 왜 사느냐고 했지만, 처음으로 내 집을 마련했다는 기쁨은 이루 말할 수가 없었다. 닦고, 찌든 때를 긁어내고 페인트칠과 도배하는 등 휴일마다 아내와 수리 하였다. 즐거운 노동이었다.

처음으로 내 이름으로 등록된 집이다. 아이들이 마음 놓고 뛰어 놀 수 있는 공간을 만들었다는 것이 얼마나 가슴 뿌듯했던지. 세상이 모두 내 것만 같았다.

남들이 흉보던 그 헌 아파트가 효자가 되었다. 5년 사는 동안 가치가 4배나 뛰었다. 일부 부모님 도움을 받아, 드디어 커다란 새집을 마련하여 이사하게 되었다. 그때 아파트 공사하는 동안 일요일이면 아이들 손 잡고 1시간을 걸어와 안전망 너머로 바라보며, 딸이 고사리 같은 손가락으로 아홉 번째가 우리 집이라고 층을 세어 보았던 추억이 한 폭의 그림처럼 아른거린다.

이사하는 날 아버님이 오셔서 청소도 해주시고 기뻐하셨다. 아들이 새집을 마련하여 뿌듯하셨나 보다. 그러나 정작 아버님은 새집에서 단 하루도 못 주무시고 돌아가셨다. 그렇게 부모님은 평생을 춥고 누추한 시골집에서 사시고, 나는 새로 지은 따뜻하고 넉넉한 집에서 살았다. 부모님께 고맙기도 하고, 한편으론 죄스러운 마음에 창가로 보이는 하늘가로 아버지의 모습이 떠오르곤 하였다.

이삿짐을 정리하던 중, 서랍 깊은 곳에서 마치 오래된 보물이라도 되듯이 깊숙이 보관하고 있는 빛바랜 편지들을 발견하였다. 옛날 아내와 연애하던 시절 내가 보낸 편지들을 아내가 고이 간직하고 있었다.

그중 하나를 꺼내 읽어보니 좀 낯간지러운 내용이었지만, 그 당시에 얼마나 공을 들여 편지를 썼는지, 글씨체도 최대한 기교를 부린 흔적이 역력하다.

그 당시에는 전화도 힘들고 인천까지 가기엔 교통이 불편하여 만나기도 무척 힘들었던 시절이었다. 소통의 수단이라고는 오직 편지밖에 없었다. 온갖 미사여구를 동원하고, 시까지 차용하여 한 번에 5장씩 빽빽이 썼던 것 같다.

미처 답장이 오기 전에 또 사랑의 언어들을 조합하여 띄우곤 하였다.

민방위 훈련으로 등화관제를 강요받던 어느 날, 아내에게 편지를 쓰는 중에 불을 꺼라 하여 형광등을 끄고 작은 촛불을 켜고 계속 쓰는데, 담장 밖에서 "불 꺼"라고 소리치는 확성기 소리와 골목 안으로 퍼지던 호각 소리에 화들짝 놀라 촛불을 끄던 일이 어제 일인 양 귓가에 맴돌아, 편지 속에서 다시 들리는 듯하다. 모든 관심을 아내에게 쏟아붓던 시절이었다.

그 많던 열정과 사랑은 어느 세월 속에 묻혀 가는지.

풋풋했던 그 시절의 추억이 빛바랜 편지 속에서 물안개처럼 살포시 피어오른다. 잠시 그 시절로 돌아가 분홍빛 추억을 되살려 본다.

결국 아내의 마음을 얻는 데 성공하여 결혼까지 했지만, 그때 편지에 썼던 감언이설들은 얼마나 이루어졌는지 모르겠다. 먼지가 뽀얗게 묻어있는 편지들을 탁탁 털어 다시 상자에 넣었다. 다음에 편안한 시간에 다시 읽어보리라 생각하며 저만치로 흘러간 세월을 돌이켜 본다.

이젠 우리 생전에 마지막 이사라고 아내가 말한다. 친구들이 아이들도 각자 가정을 꾸려나가고, 둘만이 살집인데 작은집으로 이사해도 되지 않느냐고 말하지만, 어머님도 오셔야 하고 제사 등 아직은 넓은 공간이 필요하여 같은 규모를 택했다.

언젠가 어머님도 안 계시고 하면 작은 집으로 한 번 더 이사해야 할 듯하다. 그날이 아주 멀리 있었으면 하는 바램을 가져본다.

가만히 앉아 이삿짐센터 도르래가 오르내리는 것을 바라보며, 손수레로 이삿짐을 실어 나르던 시절이 떠올라 가만히 웃어본다.

세월은 참으로 빨리도 흘러 많은 것을 변하게 하는구나.

직박구리

아침에 일어나면 아파트 주변을 한 바퀴 산책하는 것으로 하루를 시작한다. 요즈음은 정원에 조경이 잘되어 심심찮게 변화해 가는 자연을 느낄 수 있다. 새들의 지저귐도 있고, 햇살과 적당한 그늘을 만들어 주는 나무가 있어 좋다. 천천히 걷는데 단풍나무 가지에 새 한 마리가 고개를 갸웃거리며 앉아 우리와 마주쳤다. 언뜻 보아 참새보다 큰 걸 보니 직박구리 새인가 보다. 초롱초롱한 까만 눈매가 예쁘다. 눈을 맞추며 자세히 살펴보니 부리에는 작은 나뭇가지를 물고 있었다. 무엇을 하려고 하는지 궁금하여 가만히 서서 바라보았다. 한참을 움직이지 않고 바라보니 안심했는지 2층 높이의 나뭇가지 위로 폴짝 날아오른다. 새를 따라 눈길을 옮겨보니 나뭇잎 사이로 새집이 보였다. 새집에는 이미 다른 새 한 마리가 앉아 있었다.

암, 수를 구분할 수는 없지만, 부부가 보금자리를 마련하여 신혼살림을 차린 것이 분명해 보였다. 암컷이 알을 품고 있는 듯하고, 수놈이 집을 지으려 나뭇가지를 물어오는 듯하였다. 이미 집이 있는걸 보면 그 나뭇가지는 집을 수리하려는 목적인지, 암컷에 대한 선물인지도 모르겠다.

다정한 모습이 우리 삶과 같아 보기 좋았다. 매일 아침 새집 아래에서 새들의 행동을 관찰하는 것이 하루 일과의 시작처럼 되었다. 신기한 것은 암, 수가 교대로 앉아 알을 품고 있는 건지 모르지만, 항상 한 마리만 같은 자세로 앉아 있었다. 다만 방향만 바꿔 앉아 우리가 바라보고 있어도 꼼짝하지 않고 그 자리에 있었다. 며칠을 관찰해도 항상 같은 자세였다. 심지어 비가 오는 날도 그 자리를 지키고 있었다. 부화할 날짜가 지난 듯해도 새끼가 나올 기미가 없어 오히려 아내가 안달이다.

어느 날 아침에 보니 새가 없어졌다. 며칠 후면 돌아오려나. 기다려도 그 뒤로는 직박구리 새를 본 적이 없다. 부화를 실패한 걸까. 새집 밑에까지 다가가 살펴봐도 빈집에는 아무것도 없다. 얼마나 새끼 잃은 상처가 컸으면 집을 떠났을까. 직박구리가 살지 않는 보금자리는 바로 훼손되기 시작하여 허름해 보였다. 새끼들이 짹짹거리며 노란 입을 벌려 어미가 물어다 주는 먹이를 받아먹는 모습을 보고 싶었는데, 너무 서운했다.

언젠가 또 돌아오려나. 다시 돌아온다면 새집을 튼튼하게 보존해 주고 싶다. 작은 집을 지어 가지에 올려주면 안전하지 않을까 하는 생각을 해본다.

새와의 인연은 오래전에도 있었다. 지금도 그때를 생각하면 아린 추억이다.

초등학교 저학년 때였다. 동네 형이 새집을 발견했다고 같이 가자 하여 따라나섰다. 마을에서 한참 떨어진 산 밑 풀숲을 헤치니 앙증맞은 새집이 보였다. 검은 반점이 있는 작은 새알이 네댓 개 있었다. 만지면 어미 새가 사람 냄새 맡고 깨뜨린다고 하여 보기만 하고, 다음에 새끼 부화하면 가지러 오자며 돌아왔다. 며칠이 지난 후 그 형과 함께 다시 그곳을 찾아가니 입이 노란 새끼들이 입을 벌리며 짹짹거리고 있었다. 우리는 새끼를 잡았다. 어떻게 알았는지 어미 새가 날아와 우리 머리를 쪼을 듯이 달려들었다. 눈앞에서 수직으로 날아오르며 결사적으로 울부짖었다. 우리는 새가 쪼을까 봐 뛰어서 집으로 왔다. 자식을 지키고자 하는 모정은 목숨을 버릴 정도로 용감했다.

형이 나에게도 한 마리 주어 집으로 가져왔다. 구멍 난 항아리를 뒤집어 놓고 그 속에 짚과 종이를 깔아 새집을 만들었다. 아침에 일어나면 동생들과 들판으로 메뚜기를 잡으러 뛰어다녔다. 풀무치, 때까치, 한가치, 풍뎅이를 잡아 강아지풀에 꿰어 왔다. 짹짹이는 노란 주둥이에 한 마리씩 넣어 주었다. 메뚜기를 잡지 못하는 비 오는 날에는 쌀을 가져다 먹였다. 그렇게 한참을 정성껏 키워 혼자서 펄쩍펄쩍 항아리를 넘으려 하는 정도로 자랐다.

어느 날 하루 종일 내가 어딘가를 가게 되었던 것 같았다. 모이를 잘못 주면 새가 죽을까 봐, 나 없는 동안 맘대로 모이를 주지 말라고 동생들에게 일렀다. 저녁 늦은 시간 돌아 와보니 새가 무척 배가 고팠나 보다. 뚜껑을 열자마자 짹짹거리며 입을 벌렸다. 배가 얼마나 고팠을까 하고 불쌍한 마음에 메뚜기를 많이 주었다. 흡족한 마음이 들 때까지 먹였다.

이튿날 아침 뚜껑을 열어보니 새가 죽어있었다. 깜짝 놀라 가슴이 두근거렸다. 이상하다. 밥 많이 주었는데 왜 죽었을까. 그냥 죽은 것이 아니고 발가락이 부러질 정도로 발버둥 치며 죽어있었다. 안타까운 마음으로 새를 언덕에 묻어주고 한동안 고통스럽게 죽어간 새를 생각하였다. 성인이 되어 생각해 보니 굶은 상태로 한꺼번에 너무 많은 먹이를 먹어 죽은 것 같다.

나의 무지에 지금 생각해도 속이 상하고 새에게 미안했다.

그렇게 어미가 무섭도록 지키려고 했던 새끼를 죽게 했다. 한 생명을 장난감으로 죽음에 이르게 했으니, 나는 두고두고 새에 대하여 미안한 마음이다. 지금도 그런 마음에 날아간 새를 애틋하게 기다리고 있는지도 모르겠다.

먼 훗날 내가 자식을 키워보니, 그때 어미 새가 새끼를 지키고자 했던 마음을 알 것 같다.

허물어져 가는 직박구리 보금자리를 바라보며 다시 돌아오길 기다려 본다.

고춧가루를 나누며

고추를 심게 된 것은 순전히 햇살에 반짝이는 홍고추 때문이다. 고추 재배가 병충해가 많아 소독을 자주 해야 하고, 관리가 어렵다. 하여 엄두도 못 내고 있었다. 작년에 아랫집 고추밭을 지나는데, 그날따라 빨간 고추가 햇살을 받아 얼마나 아름답게 빛나던지 나도 내년에는 고추를 심어야겠다고 생각했다. 순전히 고추가 예뻐서 고추 농사를 시작한 것이다. 필요한 만큼만 심어보자 하고 한판을 사다 심는데, 옆집 동생이 심다 남았다며 40포기를 덤으로 가져와 백 포기 심었다. 주말이면 고추 따기는 즐거운 기다림이었다.

설레기까지 했다. 뜨거운 햇볕에 고추 따기가 얼마나 어려운 건데 한다. 하지만 백 포기는 어려움을 느끼기엔 작은 규모다. 내 수준에 딱 맞는다.

아내랑 아침 일찍 출발하여 이슬방울이 매달려 있는 빨간 고추를 똑똑 따는 것은 노동이라기보다는 즐거운 놀이였다. 내 힘으로 키워온 결과물을 수확하는 기쁨은 작지만 무엇과도 비교할 수 없는 즐거운 노동이다. 주렁주렁 매달려 있는 빨갛게 익은 고추가 더없이 탐스럽다. 키는 크지만 가지가 연약하여 작은 바람에도 쉽게 부러지고 넘어진다. 연약한 몸에 가지마다 빨간 열매를 주렁주렁 매달고 힘겨워하고 있는 모습이 안쓰럽다.

이미 작은 바람에 열매의 무게를 견디지 못하고 부러진 가지가 눈에 보인다. 깊이 뿌리를 내려 흙을 단단히 붙잡아 매고, 땅속의 온갖 양분을 흡수하여 많은 고추를 키워냈다. 춤을 추듯이 고춧잎들은 너울거리며 햇살을 받아먹어 고추에 붉은색을 입힌다.

말뚝을 박아 단단히 고정한 후, 줄을 매어 쓰러지지 않도록 줄기를 잡아매었다. 줄기마다 매달린 고추들은 햇볕을 듬뿍 받아 하루가 다르게 붉게 물들어간다.

아내랑 빨갛게 빛나는 고추를 하나하나 정성 들여 땄다. 고추가 다칠세라 조심스럽게 꼭지와 함께 땄다. 아랫집 작은 어머님이 보시더니 "꼭지 없이 따야, 씻기도 좋고 말리기가 편하지" 하신다.

그렇게 딴 고추를 큰 고무통에 넣고 물로 씻어 햇볕이 가득한 마당 한가운데 발을 깔아 널었다. 내리쬐는 정오의 햇볕을 받아 빨간 고추가 더욱 빨갛게 일광욕을 즐긴다. 하루를 햇볕에 쬐여, 건조기에 넣고 4일을 저온에 건조했다. 저온에 건조해야 색깔이 선명하단다. 그렇게 따서 말리기를 4차례 반복하니 꽤 많이 모였다. 모으는 재미가 꽤 쏠쏠했다.

햇살이 창문 넘어 거실 깊숙이 넘실거리는 날 아침. 아내랑 마른 고추를 깨끗한 헝겊으로 닦았다. "딸 때 물로 닦았잖아" 그래도 말리는 과정에 먼지가 묻어 닦아야 한단다. 하나하나 정성을 다해 닦고 꼭지를 따냈다.

　다음날 비닐 자루에 담아 방앗간으로 향했다. 방앗간 입구에 있는 참기름 볶는 기계는 빙빙 돌아가며 고소한 냄새를 풍기고 있었고, 참깨 주인아저씨는 우리를 보자마자 기다렸다는 듯이, 자신이 참깨를 심어 수확까지 과정을 과장하며 자랑하였다. 사람들과 친숙해진 비둘기도 몇 마리 날아와 고소한 참깨를 정신없이 쪼았다. 땅에 떨어진 것만 주워 먹어야 하는데, 욕심 많은 비둘기는 기계에서 방금 꺼내 놓은 바구니에 담긴 따끈따끈한 참깨에도 넘실거리다 주인아저씨에 혼나며 도망가는 모습이 그림처럼 정겹다.

　허둥거리며 도망가는 비둘기 모습에서 나 역시 주어진 삶의 영역을 넘어, 욕심으로 넘나들며 살아가고 있지는 않은지 뒤돌아본다.

　안쪽에는 떡방아를 찧는지 김이 모락모락 나며 좁은 공간을 더욱 분주하게 만들고 있었다. 고추방아는 매운 냄새 때문인지 바깥쪽에 위치하여 요란한 소리를 내며, 매콤한 냄새로 존재를 과시하고 있었다. 방앗간의 역사를 말해주듯 주변의 시설이나 기계들이 세월에 찌든 듯 검은 때 기름이 번들거렸다. 방앗간 주인도 고객들도 모두 세월에 길들여진 사람들로 허름하지만 순박한 모습이다. 주변의 모든 것이 세월에 묻힌 정겨운 풍경이다.

　덜커덩거리는 소음 속에 드디어 고춧가루가 탄생 되었다. "고추농사 잘 지으셨네요." 주인아주머니의 덕담을 뒤로하고 고춧가루를 받았다.

　매콤한 냄새까지 가득 싣고 집으로 향하며, 지난 고추의 짧은 일생을 생각해 본다. 모종을 사다 심어 줄을 매주고, 일주일마다 소독

약을 뿌려, 따고 씻어 말려서 오늘 드디어 고춧가루로 다시 탄생하였다.

　아버지 제사를 며칠 앞둔 어느 날, 아버지 제삿날이면 형제들이 다 모일 것이다. 시원한 바람과 함께 한층 누그러진 햇살이 거실 안쪽까지 깊숙이 다가오는 아침. 고춧가루와 저울을 꺼내왔다. "직접 농사지은 것이니 조금이나마 다 같이 맛이라도 보여야지" 아내가 너그러운 말을 한다. "글쎄 얼마만큼씩이나 돌아가려나." 8개 비닐봉지에 나눠 담았다. 동생들 4명과 아들, 딸 사돈까지 조금씩 나눠 담았다. 풍족하진 않지만 나눠 먹는 것이 옛날부터 내려오는 우리 민족의 정 나눔 아니던가.
　얼마 되지 않는 고춧가루지만 우리 형제들의 우애에 디딤돌이 될 수 있기를 기대하며, 다음 주말 형제들과 함께 고구마 캐는 날이 기다려진다.

신봉사거리의 아침 풍경

신봉사거리는 증평, 진천 쪽에서 충북대학 방향으로, 또 시내에서 옥산 쪽으로 이동하는 교통량이 많은 교차로 중의 하나다. 나에겐 제일 많이 지나고 보는 친숙한 사거리다. 아침을 서둘러 먹고 신봉사거리로 향한다. 이른 시간임에도 벌써 덥다. 사거리 신호등 앞에는 동사무소에서 그늘 쉼터를 만들어 신호를 기다리는 사람들의 더위를 식혀주고 있었다. 간단하지만 이런 것이야말로 주민을 위한 가장 기초적인 행정의 모습인 것 같아 흐뭇하다.

잠시 후 파란불을 쫓아 길을 건너면 바로 은행 ATM기가 있어 우선 그리로 더위를 피해 들어간다. 통근버스가 오기엔 아직 10분의 여유가 있다.

급한 더위를 식힌 후 지나는 사람들을 바라본다.

많은 사람들이 분주한 아침을 맞이하며 움직인다. 그중 매일 같은 시간 때에 만나는 사람들이 있다. 나보다 먼저와 기다리는 사람은 키가 작고 왜소해 보이는 30대로, 등 뒤로 작은 가방을 메고 있는 허름한 모습의 남성이다.

기다리는 모습도 안전성이 없이 불안하게 서성이며 차를 기다린다. 뭔가 정서적으로 불안전한 것 같다. 하는 일도 나처럼 노동일을 하는 사람인 듯하다. 제일 먼저 차가 도착하면 허둥지둥 뛰어 탄다. 넘어질까 불안하기조차 하다. 무엇이 저렇게 불안하게 하는지. 궁금하지만, 물어볼 수는 없다. 절실한 모습이 생계유지의 수단으로 어쩔 수 없이 출근하는 모습 같다. 다음으로는 좀 뚱뚱하고 오랫동안 일터를 다닌 듯한 40대 여자분이 무거운 몸을 이끌고 건널목을 건너온다. 그분은 건너자마자 빨래방으로 더위를 피해 들어간다. 빨래방은 문이 열려 있어 더울 것 같은데 그래도 조금은 시원한가 보다.

거기서 좀 기다리다 위쪽으로 이동하면, 먼저 와 있는 동료들인 듯 한두 명 여자분들과 만나 뭔가 말을 한다. 아마 더위에 밤새 잘 잤느냐 인사말일 거다. 저분들이 타는 차는 내가 기다리는 노란색 미니버스와 비슷하여 착각하는 때도 있지만, 비슷한 통근버스 중 제일 먼저 도착하여 싣고 어디론가 쏜살같이 사라진다.

다음에는 키가 큰 마른 여자분이 시내 쪽에서 검정 원피스에 검정 모자를 쓰고, 손에는 손 풍기를 들어 얼굴에 가까이 대며 신호등 앞에 기다리다, 내가 건너온 쪽을 향하여 건너간다. 직장이 그쪽인 것은 분명한데 다닐만한 직장이 있는가 생각을 더듬어 본다. 이어서 한 무리의 중학생들이 건너간다. 그 뒤로는 뭐가 그리 좋은지 한 쌍의 중학생 커플이 서로 손을 잡고 웃으며 애정 표현을 하는 듯 서 있다. 등굣길에 데이트라도 하는 건지. 전혀 주변을 의식하지 않는 모습이 순수해 보이기는 하나, 뭔가 분위기 파악을 못 하는 것 같아 썩 좋아 보이지는 않는다.

나이 좀 드신 듯한 많이 마른 남자분도 성큼성큼 내 앞을 지나 좀 전에 여자분들이 기다리던 위쪽으로 간다. 그다음 차를 타시는 분 같다. 그 작은 버스는 다른 차들은 노란색인 데 비해 하얀색이다. 저 차 다음에 내가 타는 차가 올 차례다. 좀 더 차도 쪽으로 한 발짝 이동한다.

이렇게 신봉사거리의 아침은 열리고 있다. 모두가 어디에서 어떤 일을 하는지 모르지만, 모두에게는 중요한 직장이고 삶을 영위하는 방편을 제공하는 일터로 향하는 아침이다. 외모로 보아 어려운 일을 하는 것으로 짐작되지만, 모두의 발걸음은 활기차게 시작하는 것 같다. 어떤 생각을 가지고 출근하는지 무척이나 궁금하지만, 머릿속을 들여다보기 전에는 알 길이 없다.

삶에 대한 걱정뿐 일까. 나처럼 아무런 생각이 없는지도 모르겠다.

이 시간에 지나는 사람들의 모습은 대부분이 노동자들의 모습이다. 젊고 깨끗해 보이는 직장인들은 모두 자가용으로 이동하거나 큰 회사 버스로 이동하는 데 비하여, 작은 승합차로 이동하는 사람들은 신분보장이 어려운 영세한 직장을 다니는 듯하다. 나 역시 열대여섯 명이 전부인, 원료를 가져다 제품을 용기에 담아 포장하여 납품하는 하청업체에 출근하는 중이다. 온종일 서서 움직이며 일한다. 아직은 적응이 안 돼서 그런지 모든 것이 어색하다. 육체의 힘으로만 하는 경험이 없는지라 더 어렵게 생각되는 것인지 모르겠다.

모두 공통된 생각이 오늘은 어떤 하루일까. 어떤 어려움이 있는 날이려나. 좀 더 쉬운 하루였으면 좋겠다는 바람을 가지고 출근하는 것 같다.

지레짐작으로 하는 나만의 생각인지도 모르겠다. 힘든 하루를 보내고 퇴근할 때면 경기에서 이긴 자의 만족감이랄까. 나 자신과 싸움에서 승리했다는 자부심으로 피로를 말끔히 씻어내며 하루를 마감한다.

신호등 너머로 멀리 작은 노란 차가 신호 대기 중 서 있다. 시간상 저 차가 나를 싣고 갈 것이 분명하다. 그쪽을 주시한다. 드디어 신호가 바뀌어 차들이 움직인다. 노란 차가 비상등을 깜박이며 발밑에 오며 문이 열린다. 뒤차에 미안한 생각에 나도 아까 젊은이처럼 냉큼 뛰어 차에 오른다.

또 다른 하루의 시작이다. 앞서 지나간 모든 이들에게 행복한 하루가 되었으면 하는 바람으로 자리에 앉아 차창 밖으로 눈길을 돌려본다.

지팡이

　어머니는 미수米壽의 연세에 비하면 건강하신 편이다. 몇 년 전까지 혼자 버스 타고 청주를 오가며, 점심 드시고 식곤증이 몰려오는 시간에도 반듯한 자세로 앉아 몇 시간씩 책을 보셨다.

　지병으로 병원을 주기적으로 다니며 약을 챙겨 드시고, 건강관리도 철저하게 하신다. 그래서 같은 연배의 친구분들에 비하면 어머니는 건강하게 지내셨다. 그런데 얼마 전부터 무릎이 불편하다 하셨다.

　차차 나아지겠지 했는데, 병원에 다니며 약도 드시고 침도 맞고 하셨지만 나아지지 않는다. 앉고 일어서실 때마다 힘들어하시며 "어구구" 소리를 입에 달고 계신다. 마을 회관에서 하는 한글 배우기, 체조하기도 뜸하셨다.

　모든 걸 귀찮아하셨다. 잠시라도 편히 다니시라고 지팡이를 마련해 드렸다. 그때부터 손에서 지팡이를 놓으시지 못하고 있다. 지팡이가 어머님의 모든 생활을 함께한다.

　어머님의 목적 없는 희생과 삶의 전부이고, 희망의 결정체인 나는 불편한 어머님의 다리를 위하여 어떤 역할을 할 수 있는가. 지팡이처럼 어머님의 몸을 지탱해주는 일도, 균형을 잡아주는 역할도 못 한다. 장남이라는 명칭만 달고 다니는 타인 같은 처지이다.

어머니 삶은 자식을 위한 희생이 전부였다. 세월이 어머니의 무릎에 있는 부드러운 이음새를 다 갉아 녹슬게 했다. 우리 자식들이 다 갉아 먹었다.

어머님의 무릎은 삐거덕거리며 뼈와 뼈가 맞닿아 어석거리는 고통으로 어머니의 삶을 긁고 있다. 그 소리를 들을 때마다 자식들 가슴에 아픔이 일어난다. 장남인 나를 누구보다도 어머니는 보배처럼 키웠다. 나는 안다. 어머니가 나를 얼마나 끔찍이도 사랑하시는지. 멀리 발소리만 들려도 다 아시는 어머니는 지금도 내 걱정이시다. 그런 나는 기껏해야 병원에 모시고 다니는 것 외에는 어머님을 위해 할 수 있는 일이 없다. 청주 병원을 오셔서 진료받으시고 아들 집에서 주무시고 가시라 해도 바로 시골로 가신다. 갑갑하다는 핑계를 대시지만, 자식을 위한 배려로 불편을 주지 않기 위함이라는 것을 잘 안다. 모든 어머님들이 그렇지만, 자식에게 무조건적인 사랑을 베푸시는 것이 때로는 서운하다. 다 큰 아들에게 기댈 수도 있건만, 어머님은 용납되지 않으신가 보다.

어렸을 적 암탉이 알 낳는 시간을 정확히도 아시고, 그 시간이면 아들 먹이려고 방금 난 알을 가져다주셨다. 따뜻함이 남아 비릿한 냄새와 미끈거리는 맛이 비위에 거슬렸지만 억지로 삼켰다. 그래야만 어머님이 좋아하셔서 그랬던 기억이 어렴풋이 떠오른다.

지금도 맛있는 반찬이 있으면 꼭 내 앞으로 밀어 놓으신다. 내가 아무리 하지 마시라고 화까지 내도 매번 똑같이 하신다. 그것이 어머니의 행복으로 알고, 요즘에는 어머님이 밀어주시는 반찬을 맛있다고 하며 먹는다. 그러면서 어머니도 드시라고 하면 흐뭇해하시는 표정으로 보신다.

한여름 밤 대학입시를 앞두고 연일 야간 자율학습을 하던 때였다. 졸음이 밀려들어 하얀 것은 책이고, 검은 것은 글자로 가물가물 눈 따로 머리 따로 멍하니, 검은 글자는 눈가로 밀려 가물거린다. 미분이 뭔지 적분이 뭔지, 씨름하는 수학책 위로 툭툭 떨어지며 생을 마감하는 하루살이의 삶을 보면서, 이렇게 공부는 해서 뭘 하자는 것인가? 하는 회의와 불만이 가득했다.

공부에 대한 사춘기 특유의 반감으로 헤매던 때, 삐뚤빼뚤 받침이 틀린 글자로 어머님이 인편에 보내준 편지 한 줄에 모든 생각이 달라졌다.

"아들 바더 보아라 돈 걱정은 하지 말고 니가 필요한 책이던지 가외를 하던지 니가 알아서 잘하그라." 곧 넘어질 듯 꾹꾹 눌러쓴 글자가 뒤뚱거리며, 반 찢기고 구겨진 종이 위로 엎어졌다. 나는 한동안 그대로 편지를 손에서 놓지 못했다. 어머님의 마음을 가득 담긴 글귀가, 내 가슴속에 다시 꾹꾹 눌러 새겨지고 있었다. 대학은 꼭 가야 한다. 어머니가 원하는 국립대학에 가야 한다. 나는 어머님의 편지 한 줄에 어른이 된 것처럼 사춘기의 방황을 접고 일어섰다. 어머니는 나를 그렇게 바로 세우시고, 갈지자로 걷지 않도록 이끌어 주셨다.

지금도 어머니를 생각하면 가슴이 뭉클한다. 어머님 건강하실 때

가족여행 한다고 제주도, 설악산 등 손자들과 같이 다녔다. 어머니께서 우리들을 바라보는 눈빛에서 나는 알 수 있다. 얼마나 흐뭇해하시는지. 그냥 그렇게 바라보신다. 맛난 것도 싫고 편안한 잠자리를 원하시는 것도 아니다. 그냥 그렇게 한 번씩 쓰다듬어 보시고 미소 띤 모습으로 보신다. 그나마 지팡이를 곁에 두신 뒤로는 동행을 거부하신다. 자식들에게 부담을 주기 싫어서 그러실 게다. 그래서 어머님 발을 대신할 수 있는 휠체어를 구했다. 여행이나 많이 걸어야 할 때 어머님 발 역할을 했다. 다 큰 손자들은 할머니 휠체어를 밀면서 제법 재롱을 부린다. 그러면 어머니는 환한 얼굴로 흐뭇해하셨다.

어머님의 젊었을 때 당당했던 모습이 타다 남은 지푸라기처럼 점점 사그라지고 있다. 세월은 어머니를 지탱하게 해주는 육신과 어머니의 넉넉했던 마음까지도 하나하나 쪼그라들게 한다. 점점 초라해지는 어머니의 모습에 가슴이 저려 온다. 장손자가 밀어주는 휠체어에 앉아서 흐뭇한 미소를 지으시는 어머니. 이렇게라도 어머니를 오래 뵐 수 있다면…….

한계限界

기상 상태를 기록한 이후 연일 최고치를 기록하며 섭씨 40도에 육박하는 무더위가 기승이다. 상표 부착, 상자 포장, 제품 적재 등 1인 3역을 해야 하는 육체의 한계. 분명 지금껏 경험해보지 못한, 내 몸이 기억하는 한계를 넘어서는 환경이다. 몸은 한계를 인지하였지만, 왠지 마음만은 편하다.

오히려 집에서 편안히 지낼 때보다 마음이 가벼운 이유는 무엇일까?

나름의 육체의 한계를 이긴 넉넉함이다. 시합에서 이겼을 때의 만족감이랄까. 그렇게 넉넉함에서 오는 편안함이다. 어려움을 참고 이루어낸 결과의 뿌듯함, 고통을 이겨냈다는 자부심의 결과다.

손가락, 발가락이 동상에 걸려 걷기조차 힘든 역경을 이기고 세계 최고봉에 오르는 등산가의 성취감도 이와 같지 않을까. 나야 세계 최고봉을 오르는 기회가 있을 리야 없겠지만, 높은 산을 등반할 때 숨이 차고 다리도 아픈 고통을 참고 정상에 올라 시원한 바람을 맞을 때의 기분과 같다.

인간의 한계를 넘는다는 마라톤 완주자의 골인선 통과 시에 느끼는 희열은 무엇보다도 클 것이다. 자신과 싸움에서 승리한 기쁨은 무엇과도 비교할 수 없을 만큼 위대한 것이다. 자신과 싸움은 고독을 넘어서는 의지력의 시험이다.

지독한 고독에서 오는 체념은 또 다른 창조의 원천이 되기도 하는 것 같다. 많은 업적을 남기신 선조들을 보면 그럴 수도 있으리라는 생각이 든다. 유배 생활 등 극한 환경에서 많은 업적을 남긴 선조들에게서, 어려운 여건에도 오히려 훌륭한 작품을 남긴 것은 고독을 승화시킨 결과물이라 할 수 있지 않을까.

송강 정철은 유배 생활 등 불행을 반복하며 강원도 관찰사로 부임하여, 관동팔경과 내금강·외금강·해금강을 유람하고 작품을 지었다는 '관동별곡', 유배 생활 중 선조 임금을 사모하는 간절한 연군의 정을 님을 생이별하고 연모하는 여인의 마음으로 나타내 자신의 충정을 토로했다는 '사미인곡', '속미인곡' 등 주옥같은 작품을 남겼다.

20여 년간의 귀양살이 중에 수령의 부정을 막기 위해 쓴 '목민심서', 치도의 방책을 제시한 '경세유표經世遺表', 공정한 형벌을 위한 '흠흠신서欽欽新書' 등 500여 권의 많은 저서를 남긴 다산 정약용.

멀리 수평선을 바라보며 갈매기 날갯짓 소리와 뒷동산에 나뭇잎 떨어지는 소리만 들리는 보길도甫吉島라는 고도孤島의 한 자락에서 혼자 쓸쓸히 바라보는 바닷가의 풍경은 어떠했을까. 겨우 별빛만을 가릴 수 있는 초가삼간 처마 밑에서, 장죽長竹에 한 모금 깊이 빨아

한 숨과 함께 내뿜는 담배 연기에 모든 시름을 날려 보낸다. 울렁이는 가슴을 진정시키며 붉게 사라져가는 저녁노을에 시 한 수로 저녁 요기를 대신하며, 천하를 호령하던 옛 기억을 더듬는다. 그 지독한 고독과 쓸쓸함을 붓으로 승화시켜 '어부사시사', '산중신곡', '오우가' 등 수많은 작품을 남기신 고산 윤선도.

어쩜 귀양살이와 같은 열악한 환경이 아니었다면, 그렇게 훌륭한 작품을 남기지 못했을지도 모른다. 그렇게 체념과 절대적 고독은 창조력으로 한곳에 집중할 수 있는 여유를 남기었는지도 모르겠다.

그분들의 고독이 나와 비교가 될 수야 있겠냐만, 나름의 육체적 한계를 통하여 내게 있을지도 모르는 숨겨진 무엇인가를 찾고 싶은 심정으로 뛰어들었다. 어쩜 지금껏 경험해보지 못한 어떤 고독을 찾아보고 싶었다.

아무것도 존재하지 않고 아무런 생각도 없는 그런 경지를 경험해보고 싶은 마음이었다. 쉴 사이 없이 돌아가는 공정을 쫓다 보면 아무런 생각이 없는 무아의 경지를 경험한다.

쉼 없이 돌아가는 컨베이어 벨트 위에는 완성된 제품들이 일정한 간격을 두고 내게로 달려든다. 잠시라도 한눈을 팔면 물건은 바닥으로 곤두박질친다. 거꾸러지기 전에 얼른 잡아 상자에 쌓아야 한다.

좀처럼 지나가지 않는 힘든 시간도, 육체의 피곤함도 함께 집어넣는다.

끈적거리는 땀 한 방울이 상자 위로 '툭' 떨어진다.

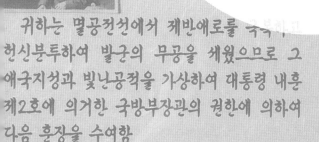

| 3부 |

아버지의 훈장

6월의 신록을 바라보면 아버지에 대한 존경심과 그리움이 솟아난다.
아버지의 무용담으로 남아 있는 전쟁의 아픔이
훈장으로 돌아온 것을 보셨다면,
이 훈장을 가슴에 부여안고 우셨을 것만 같다.

제152936호

훈

육

귀하는 멸공전선에서 제반애로를 극복하고
헌신분투하여 발군의 무공을 세웠으므로 그
애국지성과 빛난공적을 가상하여 대통령 내훈
제2호에 의거한 국방부장관의 권한에 의하여
다음 훈장을 수여함

무성화랑 무공훈장

1954년 10월 15일

2020년 5월 13일자 위자에 대한
서훈기록에 의하여 본증을 발행함

 국 방 부 장 관

아버지의 훈장

신록의 계절 유월의 아침은 상쾌하다. 싱그러운 푸른 물결을 바라보며 잠시 상념에 젖어 있는데 낯선 곳에서 전화가 왔다. 받아보니 국방부에서 국가유공자를 찾아 전해주지 못한 훈장을 찾아 드리는 중이란다.

순간, 울컥하며 전율이 일어났다. 진한 감동으로 아버지가 그리워 온종일 아무것도 손에 잡히지 않았다.

훈장 상자를 받아 바로 열지 못하고 아버지의 얼굴을 그리며 한참을 안고 있었다. 상자를 열어보니 투구 모양을 중심으로 빛이 뻗어나가는 형상에 눈이 부셨다. 반짝이는 훈장 속에 목숨을 걸고 싸우신 젊은 날의 아버지 모습이 보이는 듯하다. 아버지에 대한 그리움에 경건한 마음으로 훈장을 쓰다듬어 본다. 나는 전쟁을 겪은 세대가 아니지만, 영화를 통하여 전쟁이 얼마나 참혹한지, 삶과 죽음의 경계에서 두려움과 누구와도 나눌 수 없는 고독을 볼 수 있었다. 나는 그럴 때마다 그 전쟁 속에서 젊은 날의 아버지를 만나곤 한다.

그냥 영화로 보는 것이 아니라, 가슴 조이며 내가 전쟁에 참여하는 것처럼 초조함과 두려움에 두 손에 땀이 흐른다.

　아버님은 결혼하신 지 얼마 지나지 않아 한국전쟁이 일어났다고 했다.

　전쟁 시작과 함께 국군이 후퇴할 때 입대하셨단다. 훈련도 제대로 받지 못하고 겨우 총 쏘는 법만 배워 포화 속으로 투입된 젊은 청년이었다. 아버님의 전쟁 이야기는 어릴 때는 신기하게만 들렸다. 그러나 나이가 들어가면서 신혼의 아내를 남겨두고 생과 사의 갈림길에서 헤매었을 아버지의 두려움을 상상하게 되었다.

　살을 에는 듯한 바람이 휘몰아치던 함경도 이름 모를 산 능선에서, 꽹과리를 치며 개미 떼처럼 몰려오는 중공군을 향해 기관총을 쏘고 있었단다.

　아무리 쏘아대도 중공군은 꾸역꾸역 몰려와 아버지의 기관총 거치대를 붙잡고 늘어지더란다. 어쩔 수 없이 기관총을 버리고 앞뒤 가리지 않고 뛰어 후퇴하였단다. 그때 붙들렸으면 포로가 되었을지도 모르는 일이었다고, 잠시 호흡을 고르고 회상하시곤 하셨다.

　낮과 밤의 주인이 수시로 바뀌던 고지에서 같이 싸우던 전우가 포탄에 직접 맞아, 신체 일부만 남기고 몽땅 사라진 처참한 모습이 가끔 꿈속에까지 나타나 힘들게 하였다고 하셨다. 전우의 시체를 수습하는 과정에서의 공포감은 평생 잊을 수 없는 악몽이었다며 말끝을 흐리셨다. 아버지께서도 허벅지에 포탄 파편을 맞아 피를 흘리며 병원으로 후송되었다고 하셨다.

이런 이야기를 듣는 어머니는 늘 눈물을 글썽거리셨다. 신혼의 어머니는 소식도 없는 아버지를 눈물로 기다리셨단다. 제일 견디기 힘들었던 것은 확인되지 않은 헛소문이었다. 다리가 없는 아버지의 모습을 병원에서 보았다든지, 국군이 전멸하여 시체가 산처럼 쌓였다는 등 흉한 소문에 밤새 가슴 조이며 밤을 새우셨기에, 아침에는 가슴이 아파 울 수도 없었다고 하셨다.

인근에서 네 분이 참전하셨는데, 아버지 한 분만이 돌아오셨다고, '아버지는 천운을 타고나신 분'이라며 늘 감사하다며 두 손을 모으셨다.

만약 그때 후퇴하는 국군을 따라가지 않으셨다면 아버지는 어떻게 되셨을까. 아버지랑 연배가 비슷한 당숙은 인민군에 끌려가셨는데, 그 후론 소식 한 줄 없으셨단다. 처지가 같은 동병상련의 당숙모랑 어머니께서는 등잔불도 켜지 못한 컴컴한 골방에서 서로 손을 붙잡고 울기도 많이 울었다고 하셨다. 몇 년 지나 기다림에 지친 당숙모는 다른 길을 찾아 떠나셨다고 한다.

어머니께서는 당숙모와 마지막 손을 놓을 때 얼마나 울었는지. 지금도 그때 얘기만 하면 울먹이신다.

소중한 훈장을 어떻게 하면 귀중하게 보관할 수 있을까. 서랍 깊숙한 곳에 먼지만 뽀얗게 뒤집어쓴 채 감춰놓는 것은 마음이 허락지 않는다.

아버지를 직접 모시듯 그리운 마음으로 간직하고 싶어 표구사에 액자로 만들어 달라 부탁했다. 훈장 옆 여백에 아버지 사진을 넣으면 좋을 것 같다는 조언을 듣고 낡은 앨범을 뒤적이다 아버지께서 군 시절에 찍은 작은 사진 한 장을 찾았다. 앨범에서 꺼내어 뒷면을 보니 아버지가 직접 쓴 글씨가 보였다. 「'고향을 그리며… 단기 4286.7.26.'」라고 잉크가 바래어 흐릿해지긴 했지만, 정갈하게 쓰인 아버지의 글씨가 분명했다. 빛바랜 글씨를 본 순간 아버지를 직접 만난 것처럼 마음이 울컥했다. 글씨 속에 아버지 모습이 나타나실 것만 같아 한참을 들여다보았다. 사진 속에는 아버지의 젊음이 들어 있었다.

어머니와 만나 사랑을 하고, 신혼의 단꿈에서 깨어나기도 전에 사선을 넘는 전쟁을 겪는 20살의 아버지는 이렇게 작은 사진 속에 젊음을 기록하고 있었다. 초롱초롱한 눈방울에 총기가 있고, 꼭 다문 입술에서 나는 아버지의 굳은 결의를 보았다. 허벅지에 맞은 포탄 파편을 평생 간직하며, 비 오는 날이면 불편해하셨던 아버지는 값진 훈장을 보지도 못하고 돌아가셨다.

아버지께서 살아 계실 때 훈장을 받으셨다면 얼마나 좋아하셨을까.

젊은 날 목숨을 걸고 나라를 지켜내신 자부심으로, 평소에 좀처럼 보기 힘든 빙긋이 웃으시는 아버지의 잔잔한 미소를 볼 수 있었을 것을.

아쉬움과 함께 아버지에 대한 존경심과 그리움이 안개처럼 피어오른다.

비극은 끝나지 않았다. 지금도 만나지 못하고 그리움을 가슴에 안고 사는 사람들이 얼마나 많은가. 유월이면 산천의 푸르른 초목들이 손짓하며, 그들이 서성거리는 것 같아 가끔은 서글퍼지기도 한다.

목숨을 걸고 비 오듯 쏟아지는 포탄 속에서도 오직 조국을 지키기 위해 수없는 생과 사의 고비를 넘으셨을 아버지. 65년 만에 잊지 않고 찾아온 자랑스러운 아버지의 훈장을 받아보니, 국가에 대한 믿음과 고마움이 뿌듯하다.

6·25가 주는 교훈은 여러 가지로 많다. 가장 큰 의미는 우리 스스로 힘이 없어 생긴 결과 아닌가. 남북으로 갈린 우리나라는 우리 의지가 아니었다는 것을 우리는 뼈저리게 가슴에 새기고 있어야 한다. 그때 우리 힘이 강했다면, 이렇게 남북으로 나뉘어 동족 간의 전쟁을 하지 않았을 텐데. 슬픈 일이다.

6월의 신록을 바라보면 아버지에 대한 존경심과 그리움이 솟아난다. 아버지의 무용담으로 남아 있는 전쟁의 아픔이 훈장으로 돌아온 것을 보셨다면, 이 훈장을 가슴에 부여안고 우셨을 것만 같다.

아버지는 이미 세상을 떠나셨지만, 이 감격스러운 순간 나도 모르게 아버지 생전에 효도하지 못한 후회가 밀려와 눈시울이 뜨거워진다.

코타키나발루에서

리조트 창가에 걸친 나뭇가지에는 새들이 지저귀고 원숭이들 재롱이 한창이다. 풀밭 사이로 꼬리가 긴 도마뱀도 어슬렁거리며 지나고, 길 잃은 작은 게 한 마리도 리조트 발코니를 향하여 느릿느릿 걸음을 옮기고 있었다.

주변에 보이는 모든 풍경이 공생하며 살아가는 모습이 평화롭다. 결혼한 지 얼마 지나지 않아 우리 가족에 익숙하지 못한 며느리, 사위와 함께 아들과 딸이 준비하여 코타키나발루로 가족여행을 왔다.

창가에서 지저귀는 새소리에 잠을 깨어 혼자 바닷가로 나왔다. 아직 어둠이 채 가시기 전이다. 어둠은 서서히 빛 속으로 사그라지고, 바다는 붉은빛으로 물들며 어둠에서 벗어나고 있었다. 바닷물이 휩쓸고 지나간 모래 위는 폭신폭신하여 부드러운 감촉이 좋다. 모래는 발바닥을 간질이고, 바닷물은 발등을 어루만지고 올라갔다 물거품을 내려놓고, 다시 밀려 내려가기를 반복한다. 아주 부드러운 물살이다. 모래 위를 걸으며 지나온 삶의 발자취를 돌이켜 본다.

발바닥에 밟히는 모래만큼이나 많은 사람 중에 어쩌다 만나 부부의 연을 맺었는가. 결혼 후 바로 아기가 없어 어머님을 걱정시키며 고심했던 신혼 초의 어려움. 박봉에 맏며느리 역할役割 하느라 허리띠를 졸라 맸던 가난했던 시절. 다행히도 기다림 끝에 아들, 딸 낳아 저만큼 성장하여 각자 짝을 만나 이렇게 가족의 일원으로 여행을 왔으니 얼마나 행복한 일인가.

아이들은 엄마, 아빠 어려움을 알고 있었다는 듯이 아무런 말썽 한번 없이 바르게 성장했다. 공부도 스스로 잘했고, 친구들과 싸움 한번 없이 원만하게 성장했다. 제들이 해야 할 일을 모두 알아서 했다. 우린 단순히 옆에서 지켜보기만 했다. 아이들이 아장아장 걸어 다닐 때였다. 옆에 있던 직장 선배가 아이들 손 잡고 다닐 때가 인생에서 제일 행복할 시기라며 어디든 데리고 다니라고 조언을 했다. 그땐 실감도 안 나고 왜 그리 피곤했던지 휴일이면 아이들이 놀러 가자 보채도 방에서 뒹굴기만 했다. 지금 와서 생각하니 그 선배의 조언을 흘려들은 것이 후회된다. 이제는 아들과 딸 손을 잡고 다닐 수는 없으니, 손자가 생긴다면 이번만큼은 아이들에게 못한 것을 꼭 지킬 것을 결심했다. 그러나 기다리는 손자는 언제 나타날지 기약도 없이 세월만 흘러간다. 지금 고사리 같은 손자 손을 잡고 모래밭을 걷는다면 얼마나 더 행복할까.

그렇게 혼자 느린 걸음으로 산책하고 리조트로 돌아왔다. 내 소중한 가족들이 나를 기다리고 있었다. 늘 내 편인 아내는 '위험하게 어디를 혼자 다녀오느냐고' 또 내 걱정을 한다. 가장으로서 부족한 아버지를 잘 따라주고 잘 성장한 아들과 딸은 "바닷가 풍경이 멋지

지요?" 하며 좋은 여행지를 선택했다는 듯 흐뭇한 표정이다. 아직
은 서먹한 며느리와 사위는 우리들과 한 가족이 되어 함께 어울리
고 있다. 남의 식구가 잘 들어와야 집안이 행복하다고 했는데, 나는
그 복이 넘치는 것 같다.

다음날 마무틱 섬에서의 하루는 고단했다. 바닷속에 들어가 물고
기들 세상도 구경하고, 평소 해보지 못한 행글라이더를 타고 하늘
도 날아 보았다.

이국의 여행 맛에 가족들은 신이 났다. 여행의 하루 일정을 소화
하고 나면 녹초가 되어 숙소로 돌아오곤 한다. 하지만 그 일과가 가
족과 함께이고, 만끽할 수 있는 즐거움이 있기에 더없이 행복하기
만 하다.

이른 저녁 시간에 리조트에 돌아와 바닷가로 나섰다. 바닷가 파
라솔에 몸을 기대어 파도를 바라보며 하루의 고단함을 풀었다. 솜
사탕같이 붉게 물들여지는 구름이 파도 위로 넘실거리고, 파도는
쉼 없이 하얀 거품을 모래밭 위로 밀어 올리지만 이내 자취를 감추
며 사라진다. 날씨도 바다도 푸르니 바람도 푸른 바람이다. 옆에 있
는 파라솔에는 외국 할머님 두 분이 앉아, 세월 낚는 모습이 붉은
노을만큼이나 아름답다. 두 분이 하는 행동이 친구인가 보다. 우람
한 몸집과 함께 구릿빛 나는 피부는 건강이 넘쳐나 보였다.

황혼 녘이 깃들여지는 하늘과 황혼의 나이 든 할머님들 모습이
조화롭다.

외국 노인들은 나이가 들어도 풍채가 좋다. 두 분은 즐겁게 이야
기하고 웃고, 그렇다고 시끄럽거나 요란하지 않다. 늙어서 단짝인

친구와 여행하는 그분들을 부러운 시선으로 바라보았다.

무릎 통증으로 모시고 오지 못한 어머님이, 할머니들 사이에 끼어들 듯이 떠오른다. 서운하고 죄송하여 몇 번이고 동행을 권했지만, 한사코 거절하셨다. 손을 내저으며 "같이 가는 거나 진배없다" 하시며, 오히려 흐뭇한 표정까지 지으며 잘 다녀오라 하셨다. 어머니는 지금도 석양을 바라보며, 우리가 무사히 돌아오길 기원하고 계실지도 모른다. 어머님의 자식들을 위한 희생은 눈물겹다. 밭고랑에서 꼬부리고 한평생을 보내신 어머니는 야위시고, 꼬부린 다리를 잘 펴지지 않는다고 매일 약으로 사신다. 지금의 이 행복은 어머니의 살을 깎아 주신 것이라는 생각에 코끝이 시큰해 온다.

뜨거운 태양과 오락가락하는 아열대 특유의 날씨 속에 우리 가족은 4박 5일의 모든 시간을 공유하며 가족 사랑을 느꼈다.

이번 여행으로 새로 가족이 된 며느리, 사위가 예의와 형식에 얽매어 서로가 허물지 못했던 벽을 넘어 가족들 간에 사랑이 가득 채워진 느낌이다.

그래 이렇게 우리 가족 일원으로 서로를 보듬어 주고 행복을 나누자꾸나.

남들이 부러워할 정도로 사랑이 넘치는 가족으로 만들어 가자꾸나.

머리를 깎으며

　스싹스싹 귀밑에서 가위소리 재잘거린다. 미용사의 가벼운 손놀림이 앞에 비친 거울에서 바쁘게 오르내린다. 가볍게 작은 빗으로 들어 올려 날렵하게 한 손으로 잡고, 한 손에 쥐어진 가위로 끝부분을 자르는 모습은 예술이다. 머리카락을 이리저리 돌아가며 쥐었다가 놓고, 다시 쥐고 자르고 하는 행동을 감상하고 있다. 스르륵 하고 잘린 머리카락이 흰 보자기 위로 흩어진다.

　개운하다. 뭔지 모를 시원함이 느껴진다. 더부룩하여 뭔가 정리해야 할 것이 남은 듯이 마음이 불편했었다. 왜 이렇게 빨리 자라는지, 머리를 단정하게 하면 기분도 상쾌해진다.

　옛날 선조들께서는 신체발부 수지부모身體髮膚 受之父母라 하여 부모에게서 받은 몸을 소중히 여겨 함부로 손상하지 않는 것이 효도의 시작이라 생각하였다. 부모님이 물려주신 신체는 일부분이라도 목숨과도 바꿀 정도로 귀하게 여겼다. 그래서 머리도 평생 자르지 않고 상투로 틀어 올려 간직하지 않았던가. 일제 강점기에 단발령이 내려졌지만, 일부 백성들은 상투 자르는 것을 목숨 걸고 거부하기도 하였다. 머리의 문제가 아니었다. 머리를 깎음으로 내 나라를 팔아 버리는 것과 같은 것으로 생각했을 것이다. 그렇게 머리를 중요하게 여기던 때도 있었다.

정확히 한 달에 한 번씩 겪는 행사로 미용사 앞에 두 손을 가지런히 모으고 공손히 앉아 미용사의 처분에 맡긴다. 그 순간만큼은 머리를 움직이지 못하고 미용사의 지시에 따라야만 한다. 짧게 깎건 길게 자르건 미용사의 재량이다. 물론 취향에 맞게 요구하면 미용사는 들어주지만, 어디까지나 미용사의 주관적인 판단이 앞선다. 길다, 짧다 불평한 적이 한 번도 없고 어떻게 해달라고 요구한 적도 없다. 그냥 좀 길면 다음 깎을 때 한주 일찍 오고, 좀 짧으면 한주 걸러서 오면 된다.

머리를 자르며 눈을 감으니 문득 옛 추억이 아련히 떠오른다. 학창 시절 머리카락과 여성들의 치마 길이를 국가에서 관리했을 때가 있었다. 군사정부 시절이었다. 퇴폐풍조 조장이라고 머리가 길면 경찰이 잡아서 머리 정수리 부분으로 바리캉으로 밀어 놓았다. 그러면 어쩔 수 없이 모두 자르는 수밖에 없었다. 장발의 기준은 앞머리를 앞으로 내려 턱까지 오면 장발이다. 운이 없을 때는 머리카락을 잘리는 것을 넘어 즉결심판에 넘겨져 법원으로 불려가 벌금을 내고 나오는 때도 있었다.

하굣길에 장발로 친구가 즉결에 넘겨졌다. 덤으로 나도 같이 끌려갔는지 자발적으로 쫓아갔는지 기억에 없지만, 친구는 법정 안으로 들어가고 나는 복도에서 기다렸다. 한참 후에 친구가 문틈으로 벌금을 내야 한다고 했다.

농담으로 "좀 깎아 달라고 해"했더니, 안에서 여러 명의 웃음소리가 들렸다. 얼마인지는 잊었지만 가난한 학생 신분으로 주머니에 가진 돈이 없었다. 밖으로 나와 친구들을 찾아 얼마씩 빌려다 문틈으로 벌금을 주고 같이 나왔던 기억이 아득하다.

군 입대 전날 집결지로 친구 두 명이 환송해 준다며 함께 갔었다. 시내를 활보하다 한 친구가 장발로 경찰에 적발되어 정수리 가운데를 바리캉으로 밀어 놓았다. 우스꽝스러운 모습으로 같이 술을 마시며, 환송식을 하고 늦은 시간까지 최대한 지체하다, 얼굴이 붉게 취한 상태로 이발소 문턱을 넘었다.

친구도 나도 빡빡 밀었다. 거울에 비친 낯선 모습이 생소하여 서로 바라보며 웃었던 추억이 아련하다. 뚝뚝 떨어지는 긴 머리카락을 바라보며 왠지 모를 눈물을 찔끔거렸다. 내일에 대한 두려움 때문이었는지, 머리카락에 대한 미련인지는 모르겠다.

지금의 청년들은 머리를 노랗게, 붉게 물들이고 파마로 개성을 표출하고 있다. 장발이 유행하던 그 시절과는 격세지감이 있지만 젊음을 나타내고자 하는 마음은 같지 않을까? 노랗게 물들인 청년들의 머리에서 풋풋한 젊음이 느껴진다.

긴 머리를 고수하고 싶어 하던 학창 시절은 그게 멋이었으니, 그 시절 유행에 맞게, 그 나이에 맞게 우리는 살았다.

지금은 흰머리가 듬성듬성하지만 깔끔하게 다듬어진 모습으로 살아간다.

그날들을 지나왔기에 지금의 내가 있는 것이고, 희끗희끗한 머리
에 어울리는 나로 살아가고 있다. 그 시간들이 나에게는 얼마나 소
중했던 날이었던가. 나의 젊은 시절은 아직도 이렇게 마음속에 살
아있다.

　머리를 마무리하고 눈을 뜨니 희끗희끗하지만 깔끔하게 다듬어
진 머리가 눈에 들어온다.

　기분이 상쾌해진다.

삶의 체험 현장

아침에 일어나도 규칙적으로 출근할 곳이 없어졌다. 정년퇴직 후의 허탈감은 생각했던 것보다 심했다. 생활 리듬이 깨지고 이대로 낙오자가 되어 세월을 낭비하며 늙어가는 건 아닐까? 조급한 마음이 들면서 우울했다.

뭔가 자신에게 강한 자극을 주어야 한다. 잡념을 버리고 속히 현실에 적응하려면 몸을 혹사시키는 것도 괜찮겠다. 그래, 무료한 시간을 줄이고 변화된 생활을 해보는 거다. 지금껏 해보지 못한 일을 경험 해보는 거야. 이왕이면 용돈도 벌 수 있다면 좋겠다. 그러면서 그동안 살아온 삶을 뒤돌아보는 기회를 만들자 하는 생각으로 육체노동을 해야 하는 일자리를 택했다.

"무더운 날씨에 평소 해보지 않은 일을 하다 쓰러지면 어쩌나, 돈이야 없으면 아껴 쓰고 정 없으면 안 쓰면 되지" 하면서 아내가 걱정한다. "딱, 일 년만 해볼게, 단지 돈만이 목적은 아니고 내 의지를 실험해 볼게. 내 몸은 내가 잘 아니까 조금이라도 건강에 이상이 있다 싶으면 안 다니면 되지 뭐."하고 안심시켰다. 아내는 내 고집에

체념하였는지 "단순노동인지라 한 달만 버티면 숙달될 테지"라며 위로까지 한다.

모든 것이 서툴다. 우선 호칭부터 낯설다. 여기서는 사람들이 나를 '아저씨'라 부른다. 처음에는 매우 어색했는데 서서히 익숙해졌다. '인간은 사회적 동물이다.'라고 아리스토텔레스는 말하지 않았던가.

땀과 피곤함에 절어 집에 오면 우선 물부터 퍼붓는다. 그제야 정신이 돌아온다. 씻고 나면 온몸에 아픈 증상이 온다. 팔, 다리, 허리, 팔목, 발목…….

얼마나 더 할 수 있을까. 목표가 일 년인데 벌써 걱정이 된다.

매일 같이 반복되는 육체노동을 하는 노동자들의 삶이 힘든 것을 이제는 알 수 있을 것 같다.

요즘 늦여름 기온이 37, 38도를 오르내리는 사상 유례없는 더위가 식을 줄 모른다. 공장 안의 기온은 작은 에어컨과 선풍기가 힘을 다하여 돌아가지만, 더위를 식히기에는 역부족이다. 기계에서 뿜어져 나오는 열기와 소음으로 짜증을 부채질한다. 수시로 지게차가 물건을 운반하느라 문을 열면 후끈한 열기가 공장 안으로 휘몰아쳐 몰려온다.

마치 어릴 적에 등불을 들고 아버지 따라 들어가 봤던 담배 건조실 안의 열기와 같다. '이러다 숨 막혀 죽는 것은 아닐까?' 하고 겁이 더럭 났던 유년 시절의 기억이 떠오를 만큼 만만찮은 찜통더위다.

한 줄로 나란히 서서 돌아가는 컨베이어 벨트 앞에서 쉴 사이 없이 손놀림이 바쁘다. 공정에 따라 이동하는 부품을 조립하고 상표를 붙인다. 점차 상품이 제 모습을 갖추고 완제품으로 나타난다. 내가 하는 일은 컨베이어 벨트 끝에서 완성된 제품을 상자에 담아 적재하는 일이다. 무거운 물건을 포장하여 적재하느라 쉴 사이 없이 끈적끈적한 땀이 흐른다. 잠시 숨 돌릴 틈도 없다. 목이 타지만 물 먹으러 갈 새도 없다. 잠시 다른 생각이라도 하면 컨베이어 벨트에서는 물건이 지나가 땅으로 곤두박질한다. 하루 세 번의 휴식 시간뿐이다. 오전, 오후 십 분씩 쉬는 시간과 점심 식사 한 시간이 유일한 휴식이다. 그 짧은 시간에 화장실도 가야 하고, 물도 먹어야 하고, 부재중 전화도 확인해야 한다. 담배를 피우는 사람들은 그 시간에 흡연도 해야 한다.

옛날 추억이 떠오른다. 훈련소에서 휴식 시간에 '담배 일발 장전!'하며 휴식 명령이 떨어지면 한꺼번에 담뱃불을 붙여 뿜어대어 담배 연기가 하늘을 가릴 정도로 자욱했었다. 그 달콤했던 휴식 시간의 행복을 40년 만에 다시 맛본다. 지금은 담배 연기 대신에 시원한 냉수 한 컵을 마신다. 뱃속으로 내려가면서 온몸으로 느껴지는 상쾌함과 짜릿함이란! 냉수 한잔이 말 그대로 꿀맛이다.

요즘 최저임금 문제로 온 나라가 시끄럽다. 열악한 노동시장에서 고생하는 근로자들의 최저임금 인상으로 삶의 질을 높이는 것이 정부의 계획인데 뜻대로 안 되는 것 같다. 자영업을 하는 이들은 임금 인상으로 장사를 못 하겠다고 집단행동까지 한다. 임금인상으로 고용은 오히려 줄어드는 부작용이 속출하고 있어 정부를 곤혹스럽게 하고 있다. 갑과 을의 관계에서 을의 편을 들어주려는 목적이 오히려 을과 을 간의 투쟁으로 변질되고 있다. 어떡해야 모두가 만족할 수 있는, 근로자의 임금이 인상되고, 고용도 늘어나고, 영세 자영업자들도 만족할 수 있는 결과를 얻을 수 있을까? 시원한 해결책이 어디 쉽겠냐 마는, 이런 생각도 해본다.

정책을 입안하는 고위 관료나 기업체를 운영하는 경영자들에게 의무적으로 일정 기간 노동 체험을 하게 하면 어떨까? 근로자들의 어려움을 직접 경험하면 정책을 입안할 때나 회사를 운영하는데 좀 더 훌륭한 정책이 나오지 않을까 하는 엉뚱한 생각도 해본다. 우리가 평소 생각지 못하고 생활하지만, 돌아보면 주변의 모든 것이 근로자의 노력으로 이루어지고 있다는 걸 알 수 있다. 먹는 것부터 입는 것 등 생활 모든 것에 노동력이 미치지 않은 것이 없다.

이렇게 일 년을 채우고 나면 나는 어떤 모습이 되어 있을까. 이 나이에 크게 변하기야 하겠나 마는, 적어도 농사를 짓는 일 정도는 겁내지 않을 것 같다. 나이가 들어도 생각이 넓어진다는 걸, 삶의 체험 현장에서 깨달으며 새삼스레 노동자들의 노고에 감사한 마음을 가져본다.

겨울밤의 단상斷想

긴 겨울밤은 소리 없이 깊어간다. 찬바람도 하루의 지친 몸을 쉬려는 듯 처마 밑에 내려앉는다. 아침은 바람과 함께 눈보라로 요란하게 시작하였지만, 오후 들어 바람이 조용히 잠들며 하루의 시간은 차가운 어둠 속으로 서서히 묻혀간다. 하루 중 가장 행복한 시간은 늦은 밤, 잠자리에 들기 위해 따스한 이불속에 들어가 누워 하루를 회상하는 일이다. 하루 종일 움직인 동선을 따라간다. 이것저것 미로처럼 엉켜있는 머릿속을 정리하여 오늘이라는 시간을 옆에 눕힌다. 하루에 있었던 일들을 하나하나 떠올려 본다.

지인들과 커피 마시며 나눈 많은 대화, 주고받은 전화 통화, 헬스클럽에서 운동하며 텔레비전으로 본 세상 돌아가는 소식 등, 하루 동안 머리에 저장되었던 일들이 영사기 필름 돌아가듯 한장 한장 떠올랐다 사라진다.

그때 좀 더 부드럽게 말할 걸, 왜 상대에게 상처 주는 말을 했을까. 좀 더 다정하게 행동할 걸 하는 아쉬움이 남는 하루다. 반성하는 마음으로 하루를 복기하며 아쉬움을 달래 본다.

다시 올 수 없는 아쉬운 시간은 쉼 없이 흘러간다. 지나간 일에는 아쉬움과 미련이 남기 마련인가 보다. 아무리 아쉬운 미련이 남아도 이미 지나간 시간은 다시 올 수 없는 과거일 뿐이다. 지난 과거에 대한 미련은 아낌없이 버려야 한다. 미련은 내일의 희망에 걸림돌이 될 뿐이다.

'미련은 파멸의 지름길이다.'라는 말을 새삼 떠올려 본다.

아침에 곧 눈이라도 쏟아질 기세로 잔뜩 웅크린 날씨는 추위가 더한다.

느지막이 일어나 오랜만에 서예 교실로 향했다. 하얀 화선지를 펼치며 마음을 하얗게 닦아본다. 무념무상無念無想으로 먹을 간다. 먹 향이 좁은 공간으로 은은하게 퍼지며 마음이 차분히 가라앉는다. 오늘은 제대로 써 보리라 마음을 가다듬어 붓을 들었다. 오불변즉기세아(吾不變卽棄世我-내가 변하지 않으면 세상이 나를 버린다) 일곱 글자를 천천히 써 보며 내가 지나온 길을 뒤 돌아본다. 나는 얼마나 변하려고 노력했는가. 내가 지나고 있는 길은 어떤 길인가. 똑바른 길을 가고는 있는 것일까. 길모퉁이에 서서 보일 수 있는 곳까지 이미 지나온 길을 돌이켜 본다. 얼마 지나지 않은 길 같지만, 돌아보니 먼 길이었음을 굽이진 모퉁이에서 바라보니 실감한다. 긴장감을 풀기 위하여 심호흡하며 고개를 들어 창밖을 보니 쏟아지는 하얀 눈송이가 눈앞에 가득하다.

하얗게 내려앉는 눈송이들을 바라본다. 저렇게 바람에 날려 자유를 만끽하며 무질서하게 아무렇게나 내리는 듯하여도 서로 부딪치지 않고 자유분방하게 쌓이는 것이 자연의 신기한 조화다.

수만 년을 이어져 온 자연의 섭리일까. 우리 삶도 질서정연하게 내리는 눈처럼 자유를 누리면서도 충돌하지 않고 질서를 유지하는 삶이라면 좋겠다고 생각해본다.

우리는 살아가며 부딪치는 일이 왜 이리 많은지? 인기 있는 둘레 길이라도 갈 때면 옆으로 지나는 사람들과 어깨를 스치고, 자동차 를 운전하며 잠깐 소홀하면 옆 차에 충돌하고, 술 한 잔에 얼근하면 대화가 부딪쳐 큰소리가 나는 것이 다반사다. 작은 이권에도 양보 없이 얼굴이 붉어진다. 심지어 가장 가깝게 지내는 형제간, 부부간, 부모와 자식 간에도 서로의 주장만 있다.

돈과 관련된 갈등이라면 물불을 가리지 않는다. 심하면 폭력 사 태까지 불러온다. 그래서 충돌하는 것을 방지하기 위하여 인위적으 로 규정을 만들어 강제로 규제하지만 우린 살면서 대립하는 것이 너무 많다.

눈은 수북이 쌓여 며칠씩 남아있는 때도 있지만 대부분은 내리자 마자 흔적도 없이 사라진다. 어떤 작은 흔적이라도 남기려는 우리 삶 과는 다르게 자신의 모습이 버려지는데 미련이 없다. 자신의 모습까 지도 아낌없이 버리는 자연의 섭리를 보며, 나는 아주 작은 것까지 내려놓지 못하고 힘겹게 짊어지고 가느라 허덕이는 것은 아닌지.

아주 작은 것까지 내려놓는 날은 언제쯤에나 올 수 있으려나?

겨울밤은 점점 깊어 가는데 잠은 오지 않고 이런저런 생각만이 쌓여 간다.

시제 時祭

마을 회관 한쪽 벽면을 가득 채운 커다란 산소 사진이 걸렸다. 그 아래로는 제사상 앞에 열여덟 분의 지방이 붙어있다. 지방 앞에는 각기 열여덟 분의 밥과 국이 놓여있고, 술잔과 과일 고기가 성대하게 차려져 있다. 그렇게 지내고 제사상을 바꿔 다시 세 번을 반복하였다. 일 년에 한 번 음력 시월 상순에 문중이 모여 오대조 이상 조상들에게 시제를 지내는 모습이다.

진천군 초평면 용기리에 처음으로 정착하여 지금의 우리를 존재케 해준 최초의 할아버지와 할머니 등 26분에 대한 시제를 지내는 중이다.

참여하는 사람도 적고 종친들이 연로하여 산소까지 가기가 힘들어, 산소 사진을 찍어다 걸고 시제를 지낸다. 한편으로 조상에 대한 소홀한 느낌이 들기도 하여 변하는 세태에 씁쓸함이 앞선다. 제사를 지내는 중에 절차에 대한 의견이 서로 달라 몇 번 지체되기도 하지만 조상에 대한 예를 다 한다.

어찌 보면 부질없는 것으로 생각할 수도 있겠으나, 조상님들이 꼭 와서 잡수시고 가는 것은 아닐지라도 조상을 섬기는 경건한 마음의 표시로, 우리 후손들의 예의라 생각한다. 제사 덕분에 우리 자손들이 일 년에 한 번이라도 만날 수 있는 계기가 되었다. 후손들간 왕래하며 지내라고 선조들이 만든 관습은 아닐까. 다른 민족들도 우리처럼 제사를 모시는 나라가 있는지 모르겠다.

제사에 참여한 분들은 시골에 계신 연로하신 분들로 참여자 중에 내가 제일 젊었다. 참여한 사람들도 모두가 열 분 남짓. 나 역시 올해 처음으로 참여하였다. 엊저녁 작은아버지의 전화가 아니었으면 시제가 있는지도 몰랐을 거다. 덕분에 온갖 심부름을 독차지하는 영광을 누렸다. 모든 집안 행사를 보면, 우리 세대까지만 참석하게 된다. 다음 세대는 한 명도 없다. 저분들 돌아가시면 누가 제사를 이어갈 수 있을까.

옛날 어렸을 때는 산에 있는 산소에서 시제를 지냈었다. 초등학교 저학년 때인 것 같다. 학교가 끝나기 무섭게 책가방을 어깨에 둘러메고 산길을 내달려 시제 지내는 산으로 갔다. 집안 어른들이 시제 끝내고 우리 올 것에 대비하여 커다란 멍석에 가지런히 줄을 맞춰 과자랑 떡이랑 몫을 만들어 놓고 기다리고 계시다, 우리가 가면 한 몫씩 나누어 주셨다. 어른들의 하얀 두루마기가 펄럭이는 것이 퍽 인상적이었다.

친구들과 자기 몫을 먹으며 산길을 타달타달 내려가던 추억이 석양으로 기우는 하루해처럼 어슴푸레 보인다.

제사를 지내며 우리 조상들의 삶은 어땠을까. 상상 속에 나래를

펴본다.

내가 알 수 있는 뿌리라야 할아버지 세대뿐. 할아버지 위로는 본적이 없어 어떤 생활을 했을지 궁금하였다. 조선 시대의 어려운 농촌 생활이었겠지.

처음으로 이곳에 정착한 할아버지는 남부여대하여 남쪽으로 향하다가 넓은 평야를 보고는 이곳에 정착했으리라. 어른들이 강원도 홍천이 큰집이라고 시제 지내러 가는 것을 보니, 강원도에서 이곳으로 이주하셨음을 짐작할 수 있을 것 같다. 처음 이주하여 논밭을 일구고 일가를 돌보는 생활이야 넉넉한 생활은 아니었음이라. 그 시절의 동네와 지금의 동네 구조와 비교하여 생활상을 상상해 본다. 동네 사랑방에 모여 큰할아버지가 장죽을 물고 계시고, 그 아래로 어둠침침한 등잔불 아래로 할아버지들이 모여 농사일을 상의하며 집안 대소사를 논의하셨겠지.

마을 입구에 있는 오래된 오리나무는 어느 때 할아버지가 심으셨을까?

우리 어렸을 때만 해도 가지도 무성했었는데 지금은 꽁지 빠진 수탉처럼 초라하다. 나무마저도 세월의 흐름에 저항하지 못하나 보다. 누구도 그 나무의 나이를 알지 못한다. 그 아래쪽에 있던 버드나무는 보기에도 무슨 집채만 했었는데 초등학교 때 가지도 부러지고 시름시름 하다가 쓰러져 없어졌다.

여름이면 그 나무에서 매미도 잡고 우리들 놀이터의 그늘막이 되어주던 나무였다. 그 죽은 버드나무 속살이 밤이면 빛을 내었다. 전기가 없어 캄캄한 고샅에 한 조각 떼어다 놓고, 여자들에게 도깨비

불이라 놀리면 "엄마야"하고 소리치며 도망치던 기억이 세월의 흐름만큼 멀리 지나간다.

동네일을 논의하던 중 젊으신 할아버지가 "동네가 허전하니 입구에 나무를 심으면 어떨까요." 하여 다섯 그루를 심었는데 모두 죽고 두 그루만 살아남은 것은 아닐까. 야광 빛나던 죽은 버드나무와 오리나무가 그중 한 나무였을 것이다. 어쩌면 그 버드나무 야광 빛이 할아버지의 혼령일지도 모르겠다. 이제 마지막 남은 오리나무도 얼마 안 되어 죽을 것 같다. 지금 누구라도 다시 나무를 심어 후손들에게 물려 줘야 하는 건 아닐까. 하긴 지금으로 봐서는 몇십 년 후에는 동네가 완전히 없어질 것 같으니 아무런 의미가 없을지도 모르겠다.

모든 것은 세월 따라 변하고 소멸한다.

우리의 미풍양속도 점점 없어져 우리의 뿌리가 어디인지, 누구인지 관심도 없는 시절이 오고 있는 것 같아 안타깝다. 미풍양속은 지켜져야 한다.

우리의 뿌리를 잊지 않고 추모할 수 있는 것만으로도 행복한 일이다.

우리가 존재할 수 있는 것은 결국 뿌리가 있기 때문이다.

사슴과의 이별

퇴직 후 소일거리가 필요했다. 새로운 일거리로 사슴농장을 찾았다.

삼십여 년 공직생활의 경험이, 체면이라든가, 권위, 또는 육체적인 어려움조차, 모든 것을 이겨 나갈 수 있으리라 생각했다. 얼마간 자신도 있었다.

한편으로는 처음부터 한 발 뺀 마음으로 시작했는지도 모른다. 처음 사슴농장을 경영하는 후배와 면담을 하면서 미리 퇴로를 만들고 시작했다.

조건이나 기간과 관계없이, 마음이 달라질 때면 언제라도 그만두기로 했다. 서로 체면 때문에 전전긍긍하지 않기로 했다. 그것도 취직이라고 마음을 단단히 먹고 시작했지만, 내가 생각하는 사슴과의 만남은 아니었다. 일주일 만에 사슴 곁을 떠나게 되었다.

그것도 이별이라고, 그 짧은 만남에도 정이 들었나 보다. 그것도 정이라고, 짐이랄 것도 없는 가방을 메고 나오는데, 자태 고운 사슴이 기다란 모가지를 길게 빼고 어디 가느냐고 묻듯이 코를 벌름거린다. 가장 큰 뿔을 자랑하던 수놈이 큰 뿔을 앞으로 쭉 내밀어 내 뿔을 보고 가라는 듯 흔든다. 임신하여 격리한 암놈은 많이 불안해했었는데, 어느새 안정을 되찾고 큰 눈을 껌벅거리며 슬픈 모습으로 바라본다. 사료를 줄 때면 여물통에 넣기도 전에, 삽에 코를 박고 주둥이로 핥던 모습이 꼭 보채는 아기처럼 귀여운 모습이 새롭다. 처음 만났을 때는 가까이 접근하는 것조차 경계하지만, 시간이 지나면 먼저 주둥이를 내밀며 친밀감을 표시했다. 호수처럼 커다란 눈동자는 금방이라도 눈물이 쏟아질 것같이 맑고 투명하다. 눈을 들여다보고 있으면 부끄럽다는 듯이 살며시 고개를 돌리는 모습이 수줍은 많은 어린아이처럼 앙증맞다.

사실 사슴들과 이별을 결심하게 된 결정적인 동기는 너희들을 우리에 넣을 때였다. 트럭에서 짐짝 부리는 것처럼 시멘트 바닥에 쏟아붓듯 쫓아내면, 너희는 잔뜩 겁을 먹고 뛰어내려 앞으로 꼬꾸라져 머리를 바닥에 부딪치기도 하지만, 곧바로 일어나 도망치듯 우리로 들어가는 모습이 안타까웠다.

너희들이 땅바닥에 부딪힐 때면 다리가 꺾기기도 하고, 머리를 바닥에 부딪쳐 다칠 것 같아 오히려 내 머리가 쭈뼛하여 더 이상 바라볼 수가 없었다. 우리에 쫓기듯 들어가면 큰 눈에서는 눈물이 금방 쏟아질 것처럼 슬픔이 뚝뚝 떨어져 도저히 눈을 마주칠 수 없었단다.

하긴 그보다 더 보기 힘든 건 뿔을 자를 때의 모습이야. 엉덩이에 마취 총을 맞고 다리에 힘이 빠져 비틀거리다 쓰러지면, 사람들은 바로 너희들의 발을 단단히 묶었지. 슬픈 모습의 커다란 눈이 슬그머니 감기면 얼굴을 검은 천으로 덮은 다음, 너희 최후의 자존심이고 자랑이던 뿔을 톱으로 자르기 시작했다. 뿔에선 붉은 피가 솟구치더라. 그러면 사람들은 몸보신에 최고라고 하면서 그 피를 받아서 한 잔씩 돌려가며 먹었다.

입술에 붉은 피를 묻히면서 먹는 모습이란? 얼마나 몸에 좋은지는 모르겠지만, 사슴의 피를 먹는 사람들의 모습은 흡사 흡혈귀 같아 보기에 흉해 보이더라고. 자신의 건강 유지를 위하여 사슴의 고통이나 생명을 하찮게 생각하는 사람들이 싫었단다. 살아있는 생명의 피를 빼서 먹어야 살 수 있는 것도 아니잖아? 안 먹으면 금방 죽는 것도 아닐 텐데 말이야.

너희들의 자랑이었던 잘려진 뿔은 건조 가공하여 사람들의 보약을 위한 재료가 된단다. 그런 모습을 더 이상 보기가 싫었어. 그래서 너희들과 이별하는 거란다. 절이 싫으면 중이 떠나야지. 절이 떠날 수는 없는 거잖아? 귀여운 모습, 구수한 사료 냄새, 슬픔 가득한 눈동자, 위용을 자랑하듯 치켜세운 너의 자존심인 뿔, 이 모든 것이 짧은 기간이었지만 한 페이지의 추억으로 간직하련다.

어쨌든 사료 열심히 먹고 씩씩하게 성장하여 사람들이 제일 기다리고 있는 뿔을 잘 자라도록 노력하렴. 그것이 너희들이 할 일이잖아.

그렇게 너희들이 애지중지 키워온 뿔과 피를 사람들은 자신의 건강을 위하여 싹둑 잘라서 먹는 것이 우리 사람들이 하는 일이고…….

그럼, 안녕!

코스모스 꽃길

유난히 길었던 장마 때문일까. 햇살이 어느 가을날보다 눈부시게 빛났다.

마치 밤송이가 여물어 껍질을 비집고 나오듯, 가을날의 햇살은 그렇게 눈부시게 쏟아지고 있었다. 높아진 하늘과 반짝이는 햇살을 보고서야 갑자기 코스모스 꽃길이 생각났다. 작년에 봤던 코스모스 꽃이 올해도 피었을까.

오랜만에 아내와 함께 코스모스 꽃구경에 나섰다. 기대에 어긋나지 않았다.

코스모스가 꽃가루를 뿌려놓은 듯 만발하여 가을 햇살에 빛나고 있었다.

꽃 중에 여왕이라는 장미꽃이 화장을 진하게 하고 고급 옷으로 치장한 화려한 여인 같다면, 코스모스는 하얀 바탕에 꽃무늬가 새겨진 하늘하늘한 원피스를 소박하게 차려입은 청초한 소녀 같은 모습이다.

노란 꽃밥을 중심으로 수수한 꽃잎 여덟 장이 가지런히 둥글게 외워 싸고 있다. 꽃잎이 얼마나 가냘픈지 벌의 날갯짓에도 하늘거린다. 그렇게 잘 흔들려서 코스모스꽃을 한들한들한다고 했을까.

멀리 떠난 사랑하는 연인을 그리며 목을 길게 빼고 기다리는 모습 같다.

작은 바람에도 일렁이는 꽃물결은 소녀들이 까르륵거리는 웃음 소리 같기도 하다. 꽃말이 '소녀의 순정'이라 하니, 아마도 가냘프게 흔들리는 순수함이 소녀의 아리따운 심성을 표현한 게 아닐까.

장미처럼 날카로운 가시를 가지고 있지 않다. 그저 연약한 긴 줄기에 의지한 꽃은 웬만한 바람에도 한들한들 흔들리기만 할 뿐, 다시 일어선다.

줄기와 같이 잎사귀도 하늘거리니, 어쩌면 이렇게 구색 맞게 조물주는 만들었을까. 가냘프게 바람에 흔들리면서도 꺾이지 않는 자태는 장미의 가시보다 더 강한 진화적인 삶의 모습이다. 바람에 흔들리는 꽃들의 웃음이 파란 가을하늘에 울려 퍼진다.

코스모스꽃은 화려한 장미꽃처럼 한 송이로 있을 때보다는 길가에 잡초와 어울려 무더기로 피어 있을 때라야 예쁘다. 꽃 색깔도 한가지 색으로 피어 있을 때보다 빨강, 분홍, 흰색 등 여러 가지 색이 섞여 풍성하게 피었을 때라야 더 어울린다. 시골 장터에 온갖 다른 모습을 한 서민들이 북적대는 모습을 보는 것처럼이나 정겹다.

옛날 시골집 동네 입구에는 가을이면 코스모스가 무더기로 폈었다.

그때 코스모스는 내 키보다도 더 컸다. 동네 입구에 들어서면 한들한들 흔들리는 꽃잎들이 손짓하듯 반갑게 맞이해 주었다. 해마다 누가 다시 심지 않아도 씨앗이 떨어져 그 자리에 화사하게 피어나 곤 했었다.

지금은 편리함을 우선하여 모든 길에 시멘트로 포장되어, 코스모스가 정착할 수 있는 틈이 없어졌다. 문명의 발달은 우리 생활을 편리하게도 해주지만, 삶의 정취까지 빼앗아 가는 것 같아 아쉬움이 크다.

많은 사람들이 곳곳에 차에서 내려 사진 찍기에 바쁘다. 코스모스꽃처럼 하늘하늘 늘씬한 아가씨들은 코스모스꽃에다 얼굴을 대어 비교하고, 세월의 흐름에 익숙해진 듯한 여인들도 꽃밭을 배경으로 폼을 잡는다. "우리도 한 장 찍을까" 하니 언제부턴가 사진 찍기 싫어졌다며 아내가 거부한다.

아직은 괜찮다며 위로해보지만, 마음에도 없는 말 하지 말라는 듯 외면한다.

"세월을 비껴갈 수 있는 것이 있을까. 아름다운 코스모스꽃들도 불과 며칠 지나 꽃이 질 때쯤엔 초라해지는걸."이라고 위로는 해보았지만 공허한 메아리가 될 뿐. 반응이 없다.

차량 통행에 방해가 될 것 같아 천천히 가면서 아내가 차창 밖으로 핸드폰을 내밀어 예쁜 꽃을 찍어 딸에게 전송한다. 엄마, 아빠 콧구멍에 바람 쐬러 나왔다고 자랑이다. 나이 들어서 여자에게는 딸이 최고라며 자화자찬이다.

그제야 사진 촬영으로 어두워진 아내 얼굴이 밝아져 온다. 역시 아내에겐 딸이 최고인가 보다. 점심 사주고 꽃 구경시켜준 내 자리는 점점 쪼그라든다.

가을 햇살 속에서 흐드러지게 피어 있는 코스모스꽃을 바라보며, 세월의 흐름에 누구도 원망하지도 않고, 있는 그대로 받아들이는 순응을 배운다.

하늘거리며 흔들리는 핑크색 꽃잎에서, 연애 시절 물방울무늬 원피스를 입은 아내의 모습이 나풀대며 겹쳐 보인다.

코로나 체험기

끝이 보이지 않는 깊은 계곡에 운무가 가득하다. 능선 바위 끝에서 무서운 마음으로 깊이를 헤아려 본다. 다이빙하듯 운무 속으로 몸이 빨려 들어간다. 의식이 몽롱한 상태로 점점 운무 속, 나락으로 곤두박질친다.

어디쯤인가? 끝이 없다. 어디엔가 나뭇가지 끝이라도 걸려 멈추길 바라며 비명을 질러댄다. 비명 소리는 메아리로 계곡에 울려 퍼져 공포심만 가중된다.

이러다 죽는 것인가 보다. 나는 여기서 끝나는구나. 온몸에 힘이 빠져나간다. 부화한 뒤 나뭇가지에 남긴 바싹 마른 매미껍질처럼 허망하다.

순간 뭔가 부딪치는 것 같아 몸을 움직여 본다. 희미하게 의식이 돌아오며 갈증을 느낀다. 입안이 바싹 말라 뻣뻣하다. 코가 막혀 입으로 숨을 쉰 모양이다. 머리가 떵하다. 우선 물 한 모금으로 입안을 적신다. 머릿속이 정리되지 않고 짙은 연막 속이다. 잠시 텔레비전을 바라보다 다시 혼미 속으로 빠져든다. 텔레비전 소리는 귀속에 안착하지 못하고 무슨 소리인지 분간할 수 없는 윙윙 소리만 날 뿐. 꿈속인지 현실인지 비몽사몽 혼수상태다. 마약을 먹으면 이런 상태일까. 이대로는 모든 것이 녹아 없어질 것 같다. 정신을 차려야 한다. 악몽에서 벗어나야 한다. 다시 일어나 창가로 다가가 창문을 열고 심호흡을 해본다.

코로나에 감염되면 심장이 쪼그라들고 장기가 괴사된다는 인터 넷 뉴스가 가짜라고는 하지만 왠지 찝찝한 생각이 든다. 다시 책을 집어 들었다. 검은 글씨는 읽고 다시 읽어도 연기 속으로 빠져들며 눈앞에서 아른거리기만 한다. 책을 집어 던지고 눈을 감았다. 비몽 사몽간에 본 뉴스에서 강원도 깊은 산속 산불로 연기가 깊은 계곡 에 가득 찬 모습이 보인다. 헬리콥터가 물을 뿌리려 해도 연기 때문 에 불길이 보이지 않아 불길을 잡을 수 없는 상태란다.

내가 그 헬리콥터 조종사가 된 착각에 빠진다. 깊은 연기 속으로 빨려 들어간다. 매캐한 연기로 숨쉬기조차 버겁다. 코가 막힌다. 숨 이 차다. 헬리콥터가 불길에 휩싸인다. 또다시 깊은 나락으로 떨어 진다.

오랫동안 연락이 없던 친구와 연락이 닿아 산행을 하고 근처 중 국집에서 식사를 했다. 일요일이라 주변 식당이 모두 닫아서인지, 맛있어서인지 좁은 공간에 사람들로 가득하다. 번호표를 받고 보니 코로나로 위험하지 않을까 하는 생각이 퍼뜩 들었지만, 점심을 거 를 수 없었다. 저녁때쯤 평소보다 피곤한 느낌에, 봄이어서 그렇겠 지 무심히 넘겼다. 이튿날 오후부터 몸이 무겁게 느껴지며 목에 뭔가 걸린 듯 불편했다. 머리도 개운치 않은 증상이 오기 시작했다. 뭔가 올 것이 온 것 같은 느낌이다. 약국에서 자가 진단 키트를 사다 검사하니 음성이다. 다행이다. 이튿날부터 목은 더 아프고, 코도 막히고, 머리도 아픈 증세가 점점 심해진다. 자가 검진을 다시 했다. 우려한 대로 두 줄이 선명하게 나타났다. 이크! 걸렸구나. 역시나 중국집이 문제였다.

아침 일찍 보건소로 향했다. 이미 보건소 마당은 운동경기 입장 때처럼 줄이 빼곡하다. 이렇게 많은 사람들이 1차 검진에서 양성으로 판정되어 피씨알 검사 대상자란다. 나 같이 설마 하며 안전 불감증에 걸린 사람들이 대부분일 것이다. 나는 아니겠지 하는 특별한 자기애가 많은 사람들이다. 지루한 기다림 끝에 검사받고 약국에서 일반 감기약을 사 왔다. 효과가 별로 시원찮다.

자고 나니 보건소에서 검사 결과가 문자로 왔다. 우려한 대로 양성이다. 7일간 자가 격리란다. 아내가 대리로 지정병원에서 약을 타 왔다. 일반 감기약으로 효과가 없던 증상이 지정병원 조제약을 먹으니 확실한 효과가 있다.

다행이다. 그렇게 무기력한 자가 격리는 시작되었다. 좁은 공간에서의 무의미한 시간 보내기는 정말 어렵다. 아내는 아무 죄 없이 가족이란 족쇄 때문에 외출도 눈치 보며 해야 했다. 내 방심으로 아내까지 옥살이하는구나. 자책까지 덤으로 뒤집어쓰며 뒤늦은 후회를 해본다.

처음에는 한 명이 늘 때마다 방송에서 중계했는데, 지금은 전염

력이 월등히 높은 오미크론 변이가 확산되어, 확진자가 어제보다 십만 명이 증가했단다. 누적 확진자가 천만 명이 넘었다. 정점이 다 가오고 있는 건 확실하다. 언제일지 모르지만 2년 넘게 모든 세상을 얼어붙게 만든 공포의 코로나는 정점을 향하고 있으니 끝이 보인다는 것이다.

좁은 공간에서 혼자 있어야 하는 것도 어려운데, 바이러스에 시달리며 때로는 식은땀을 흘리기도 하고, 꿈속에서 헤매기도 하고, 가래와 동반하는 기침이 시작되면 목이 타들어 가는 듯이 아팠다. 밖에서 고생하는 아내는 들어와 보지도 못하고, 같은 마음으로 격리되어 앓고 있으니 모두가 고생이다.

다윗 왕이 아들 솔로몬에게 기쁠 때 교만하지 않고, 절망에 빠졌을 때 포기하지 않기 위하여 반지에 새겨 넣을 문구를 만들게 했단다.

"이 또한 지나가리라"

| 4부 |

캄보디아 여행

누추한 삶의 모습을 바라보니 옛날 생각이 잠시 스친다.
아주 어렸을 때 시골집 대부분은 벽에 벽지가 없는 흙벽이었다.
기대앉으면 옷에 흙이 묻을 정도였다.

캄보디아 여행

비행기가 낮게 내려앉으며, 넓은 늪지가 보이고 기다란 야자수 잎이 너울거리는 이국땅이 펼쳐진다. 하얀 솜털 구름 위를 날아오며 설레던 시간이었다. 옷부터 갈아입었다. 영하 10도를 오르내리던 곳에서 영상 30도 가까운 곳으로 공간이동을 했으니 타임머신을 타고 온 느낌이다. 인천의 웅장한 공항을 출발하여 아담하고 한적한 시골 공항에 내렸다.

딸이 엄마, 아빠 여행하고 싶은 곳이 있으면 추천하란다. 볼 것도 많고 가깝고도 따뜻한 나라. 전부터 가보고 싶었던 캄보디아를 선뜻 택했다.

캄보디아를 택한 이유는 유적지를 보고 싶은 것이 우선이고, 킬링필드의 학살, 톤레삽 호수의 수상가옥이 궁금하였다. 그리고 너무 추워 따뜻한 곳으로 피신하고 싶은 마음이 마지막 이유였다.

거리의 모습은 한산했다. 차도 별로 없고 오토바이와 자전거가 중요한 교통수단이다. 건널목에 신호등도 드물다. 자동차의 좌, 우 회전은 자유롭지만, 경적은 아주 위험할 때만 울리고 양보하여 지

나가도록 기다려 준다. 잠깐도 못 참고 경적과 함께 때로는 큰 소리
를 내는 우리네 모습과는 확연히 다른 문화다. 따뜻한 나라의 여유
있는 성품이 이들을 느긋하게 만든 것 같다.

먼저 톤레삽 호수로 향했다. 바다 같이 큰 호수다. 주변국들의 석
회암지대와 달리 유일하게 캄보디아는 황토라서 호수 전체가 흙탕
물이다.

주변은 쓰레기 천지로 무척 지저분했다. 허름한 쪽배를 타고 수
상가옥 주변을 둘러보았다. 작은 배에 일가족이 살고 있다. 살림에
필요한 가재도구가 이 작은 배에 다 있다. 심지어 개나 고양이, 오
리도 있다. 비좁고 위생관리가 전혀 되어 있지 않은 작은 공간에서
삶을 영위하고 있다. 그들의 처참한 삶의 모습에서 해맑은 눈망울
이 나를 바라보면, 오히려 내가 민망하여 눈길을 피했다. 이 물에서
빨래하고, 목욕도 하고, 그 물을 먹는단다. 그 물에서 사는 물고기
를 잡아먹고, 남은 것을 팔아서 생활한다. 주변 곳곳에 엉성한 그물
을 쳐놓고 마냥 기다린다.

그런데 이 호숫물에서 잡은 물고기는 질이 좋다고 한다. 우기 때
에는 물이 넘치고, 건기에 빠짐으로 호수가 넓어졌다, 좁아졌다 하
는 일이 반복된단다. 땅이 비옥하여 농사도 잘되고, 플랑크톤이 많
아 물고기도 잘 자란다고 하니, 자연은 이곳 사람들에게 살아갈 수
있는 터전을 주었나 보다.

왜 이런 곳에서 생활하게 되었는지. 일부 현지인 크메르족과 대
부분은 월남전 때 피난민들이 정착하여 집단을 이루고 있단다. 월

남 피난민들은 조국에서도 받아주지 않고 캄보디아에서도 거부하여 무국적자들이란다. 그래서 땅을 밟지 못하고 물 위에서 생활하게 되었는지 모를 일이다.

우리 시각으로 보면 불편하고 우울해 보이지만, 그들은 자연과 어울려 환경에 적응하고 삶의 방식을 터득해 가며 사는 것 같다. 고무통을 타고 첨벙거리며 물놀이하는 아이들 웃음소리와 표정이 해맑아 보였다. 불편한 생활이 당연하듯이 받아들이는 이들 표정이 편안해 보이는 것은, 모두가 자연에 순응하고 감사한 마음으로 살아가기 때문일 거다. 더 많은 것을 바라고, 끝도 없는 욕심을 향하여 내달리는 우리들의 삶과는 비교도 되지 않는 행복한 표정을 볼 수 있었다.

누추한 삶의 모습을 바라보니 옛날 생각이 잠시 스친다. 아주 어렸을 때 시골집 대부분은 벽에 벽지가 없는 흙벽이었다. 기대앉으면 옷에 흙이 묻을 정도였다. 방바닥은 구들을 놓고 흙으로 바른 위에 자리만 깔았다.

아기가 용변을 보면 개를 불러서 핥아먹게 했었다. 개가 자리 사이의 틈새까지 핥지는 못했다. 화장실은 어떤가. 뒷간이라 부르며 냄새가 고약하여 멀리 위치하고, 부엌도 부뚜막이 흙이다. 그 당시 선진외국인이 보았다면 지금 나처럼 같은 생각을 했을 거다. 하지만 그때 우리는 불편함을 모르고 살지 않았던가. 그 속에 행복이 있어, 우리는 지금 그 시절을 그리워하고 있지 않은가. 고봉으로 퍼주는 보리밥에 감사함을 느끼며 먹고 자란 우리들이다.

절대로 어린이들에게 돈을 주지 말라고 선착장 입구에 영어, 중

국어, 우리 한글로 안내하고 있어 선뜻 주는 용기를 내지 못했다. 사는 것이 궁핍하여 부모들이 아이들을 학교에 보내지 않고 앵벌이를 시켜 결과적으로 아이들 장래를 망친단다. 그래서 그런지 전에는 떼로 몰려온다고, 천 원짜리를 바꿔가라는 친구의 말을 듣고 준비했는데, 몇 명만이 보이고 적극적으로 구걸을 하지 않았다. 가녀린 아기 엄마가 바짝 마른 아기를 작은 보트에 태우고 누추한 모습으로 구걸을 하는데, 안내원의 제지로 천 원짜리 한 장이라도 주지 못하고 온 것이 마음에 걸린다. 그들에게 한 끼 저녁밥이 되었을 천 원이었을 텐데. 그 작고 까만 아기엄마 얼굴이 흙탕물 위로 아른거려 마음이 불편했다.

킬링필드의 학살을 추모하기 위하여 유골을 모셔놓은 와트마이 사원을 향했다. 당시 집권자 폴포트의 잔학상이 그대로 남아있다. 하얗게 표백된 유골들을 유골탑 안에 수북이 쌓아 추모하고 있었다. 자신들의 정권 유지를 위하여 지식인처럼 생긴 사람들은 모두 죽였단다. 정확히는 알 수 없지만, 미군의 폭격까지 합하여 200만 명 정도란다. 그 당시 캄보디아 인구가 800만이었으니 얼마나 많은 국민을 죽였는지 알 수 있다. 인간이 같은 인간을 그것도 같은 국민을 무참히 죽일 수 있다는 사실이 놀랍다. 하긴 우리나라도 일부 군인들이 자신들의 정권 탈취를 위하여 국민을 폭도라며 총칼로 학살했던 시절이 불과 얼마 전에도 있지 않았던가. 개인이 살인하면 살인죄에 해당하지만, 전쟁이라든지 반란이 발생하면 수많은 학살이 자행되지만 무마되는 일들이 지금도 일어나고 있다. 집단 이기

주의는 사람의 사고를 무감각하게 만든다. 우리 편과 네 편으로 나뉘어 판단력을 흐리게 만들어, 옳고 그름의 판단을 망치는 일들이 일어난다. 캄보디아 여행을 하면서 꼭 보고 싶었던 곳이었다. 독재자의 욕구가 얼마나 잔악한가, 다시 한번 느꼈다. 그래도 그들의 만행을 비판하고 희생자를 추모하며 새기고 있으니 다행이라는 생각을 한다. 한 곳은 자유인으로 욕심 없이 주어진 삶에 만족하며 물 위에 사는 사람들이고, 한 곳은 사리사욕으로 많은 국민을 죽인 처절한 현장이었다.

마지막으로 유네스코 유적지로 등재된 앙코르와트를 툭툭이를 타고 갔다. 오토바이에 탈 것을 매달아 만든 것으로 여기서는 이것이 택시란다. 한때 세계 7대 불가사의에도 명명되었다는 앙코르와트 사원은 웅장했다. 어떻게 저렇게 많은 돌을 운반하고 쌓아 조각하였을까? 약 1000년 전에 37년간 건축하여 완성하였다니 놀랍다. 기계도 없이 사람 힘만으로 건축하였을 텐데, 얼마나 많은 양민들이 희생되었을까. 건축에 동원된 국민들은 어떤 희생의 대가를 보상받았을까. 아마도 강제 동원되었을 거다. 일부 권력자들의 소모품에 지나지 않았을 것이니 안타까운 마음이 앞선다.

건물 벽에 새겨진 조각들은 얼마나 섬세한지, 표정이 살아있는 듯하다. 전쟁하는 모습, 왕이 행차하는 모습, 각종 동물 등 일상생활을 조각했다. 말 타고 전쟁하는 모습이 사진에서 보는 듯 선명하다. 숨을 몰아쉬는 말의 모습이나 칼을 휘두르는 장수들의 얼굴에서 땀방울이 보이는 듯 사실적이다.

평생을 조각하면서 장인들의 피와 땀이 서려 있듯 조각품에도 얼이 묻어있는 듯하다. 마지막 조각품이 미완성인데, 그 당시 왕이 후대에 자신보다 더 아름다운 작품을 남기지 못하도록 장인들을 모두 죽였다 한다. 인간이 얼마나 사악할 수 있는지를 보여주는 것 같아 쓸쓸하다. 이렇게 동남아를 지배하고 번성하던 민족이 망하여 지금은 최빈국最貧國이 되어 살기가 힘들다.

지도자들의 역할이 얼마나 중요한지 새삼 느껴진다.

광덕사의 호두나무

  감나무 꼭대기에 몇 개 남은 까치밥이 선홍색으로 매달려 있는 초겨울은 바람이 시리다. 추위가 오기 전에 아산시 추모공원에 잠들어 계신 장모님을 뵈러 아내와 같이 떠났다. 한 뼘 남짓한 유리 상자 앞에 빛바랜 흑백사진과 골동품처럼 낡은 성경책이 장모님의 유일한 흔적이다. 꽃 한 송이 놓아 드릴 공간도 없이, 유리로 앞을 막았다. 큰절을 올릴 수도 없어 간단히 목례로 대신한다. 사진을 올려 다 보는 아내 얼굴에서 장모님 젊었을 때 얼굴이 나타난다. 나이가 들수록 장모님과 닮아간다.

  울적한 아내 마음을 달래 줄 겸, 인근에 있는 광덕사에 들렀다 가자고 했다. 광덕사보다는 광덕산에 등산 온 등산객들만 듬성듬성 보인다. 한적한 경내를 천천히 걸었다. 정문으로 들어가기 전 입구에 커다란 호두나무가 있었다. 광덕사는 신라 시대 자장율사가 창건하고 임진왜란 때 불에 타는 난리를 겪었다 한다. 다시 중건하고 보수하여 지금에 이르는 세월을 호두나무는 지켜보고 있었다. 호두나무 앞에 있는 안내판을 보니 700년 전 고려 때 우리나라 최초로 유청신柳淸臣이 원나라로부터 호두열매와 묘목을 처음 들여와 심은 것으로 전해진다. 이곳으로부터 우리나라에 호두나무가 전래되었다 하여 시배지라 정하고, 천연기념물로 지정하여 보호하고 있으니 어찌 귀하지 않을까. 두 가지로 구부러져 뻗어 올라간 나뭇가지는 어찌 보면 용이 승천하는 듯 신령스럽다. 광덕사의 희비를 묵묵히 내려다보며, 긴 세월 말없이 서 있는 혼이 깃든 호두나무에 나는 두 손을 모으고 경의를 표했다. 나무는 묵언 수행을 하며 우리 곁에 있다. 같이 숨 쉬고 살면서, 우리는 쉴 사이 없이 좌절하고, 흥분하고, 세상살이가 마음에 차지 않아 가슴을 쥐어뜯을 때도 나무는 그저 바라만 보고 있다. 광덕사의 호두나무는 그렇게 긴 세월 절을 찾아오는 사람들을 때론 위로하며 같이 마음 아파하고, 때론 만수무강 하라고 복을 빌어주지 않았던가.

호두나무 열매와 묘목이 널리 퍼져 광덕산 인근의 광덕면은 전국 제일의 호두 생산량을 차지하고 있으며, 호두과자로 유명한 천안의 명성은 광덕사로부터 시작된 것이라고 한다. 광덕사를 지키며 그 절을 드나드는 사람들의 삶을 풍요롭게 하였으니 영험한 나무임이 틀림없다.

호두과자를 한입 깨물며 호두의 굴곡에 주름진 장모님의 얼굴이 겹쳐진다.

장모님이 요양원에 계실 때는 한 달에 한 번씩 찾아뵈었다. 돌아가시기 몇 달 전부터는 유난히도 많이 마르셨다. 돌아가시기 바로 전에 갔을 때는 막내딸도 몰라보셨다. 아내가 장모님 손을 잡고 호두껍질 같은 손등에 눈물을 뚝뚝 흘려도 장모님은 미동도 없으셨다. 그리고 며칠 후에 먼길을 떠나셨다.

장모님은 단단한 호두열매 속으로 들어가신 후, 스스로 깨고 나오신 적이 없다. 아들 집에서 한 발자국이라도 나오시면 큰일 나는 줄 알고 별반 나들이하지 않으셨다. 어쩌다 막내딸에게 오셔도 사위가 어려워서인지 하루 주무시면 바로 가시곤 했다. 화장실에 다녀오면 신발을 집어 가지런히 놓고 하여, "어머님 안 그러셔도 돼요" 하면 빙그레 웃기만 하셨다. 평소 말씀도 없고 틈만 나면 성경책만 보시곤 하던 조용한 분이었다.

한번은 모시고 있던 처남 내외가 해외여행을 가는 바람에 어쩔 수 없으셨는지, 처음으로 막내딸 집에 일주일 정도 계셨다. 우리는 어른 모시는 일에 익숙하지 못하여, 옆에 있어야 하는 시간에 우리 볼일에 시간을 보냈다.

평생 모신 분도 있는데 길지도 않은, 겨우 일주일을 정성을 다하지 못하고 말았다. 부모가 평생 함께할 것 같은 마음에, 가장 가까운 이들을 서운하게 하는 일들이 너무나 많다. 당연한 일들이어서, 그냥 마음을 쓰지 못하고 무심히 지나는 일들이 이제는 마음에 응어리로 남았다. 그때가 막내딸 집에 마지막으로 오신 것이 될 줄을 미처 몰랐다.

말없이 몇백 년을 한 자리에 서 있는 호두나무를 보며 어리석은 나를 바라본다. 뭐가 그리 바빠 며칠을 제대로 못 모셨는지 후회스럽다.

오랜만에 오신 장모님과 시간을 함께하지 못한 내 주변머리 없는 행동에 실망했다. 옆에 서 있는 아내가 장모님 얼굴로 늙어가는 모습을 보며, 참 많은 세월이 흘렀구나, 하고 새삼 느낀다. 이제는 연륜을 쌓았으니 모두를 보듬는 마음으로 살아야 하는데, 그 일이 참 어렵다.

광덕사 정문에서 본 경전 「유마경」을 되뇌어 보며 울적한 마음을 다스려 본다. 「세상은 존재하는 것도 아니고 존재하지 않는 것도 아니니, 눈앞에 보이는 모든 법은 단지 인연 따라 일어난 것일 뿐. 거기에는 '나'도 없고 느끼는 자도 행위 하는 자도 실체로서 존재하지 않는다. 하지만 착한 일이건 악한 일이건 그 업은 절대 소멸하지 않는다.」

길

어린 벼가 땅 내를 맡아 짙은 녹색으로 변해갈 즈음인 것 같다.

꼬불꼬불 논둑길을 따라 맹꽁이, 개구리 우는 소리가 좁다란 길을 가득 메우고 있었다. 할머니 치맛자락을 잡고 뒤를 졸졸 따라갔다. 장날이면 할머니는 자주 나를 데리고 십리 길을 걸어 장 구경을 하러 가셨다.

기다란 장대에 고무줄을 매달고 소리치는 키가 큰 고무줄 장수는 동네 앞 미루나무보다 더 커 보였다. 흰색과 검정 고무신을 멍석에 펼쳐놓고 팔던 고무신 장터를 지나갔다. 눈부시게 하얀 고무신이 가지고 싶었지만, 할머니를 조르진 못했다. 그때 난 오래된 낡은 검정 고무신을 신고 있었다. 그렇게 할머니 손을 잡고 좁은 시장 골목길을 이리저리 따라다닌 기억이 아련하다.

70년대 초 고등학교 때 세상이 확 바뀌었다. 희미한 등잔불을 밀어내고 눈부신 백열등 전구가 존재감을 과시하기 시작했고, 꼬불꼬불 좁았던 논둑길이 넓고 똑바른 신작로로 변했다. 비록 비가 오면

웅덩이가 생겨 물이 튀기는 울퉁불퉁한 시골길이었지만 차가 마음대로 다닐 수 있는 큰길이었다.

'호사다마好事多魔'랄까. 신작로가 생긴 후에는 논두렁길이었을 때는 없었던 좋지 못한 사건들이 자주 발생했다. 신작로에서 택시 강도가 발생하여 시골에 있던 친구들이 모두 지서로 불려가 고초를 겪는 일도 있었다.

그 당시 흔히 있던 닭서리에 참여했던 친구들은 모두 조사를 받았다.

넓은 신작로에 마을버스도 다니기 시작했다. 종점 차고지 옆에 친구 집이었다. 어느 초가을이었던가. 친구들과 할머니처럼 옷도 머리도 하얀 친구 어머님이 화로에서 끓여주시던 된장찌개에 저녁을 먹었다. 친구는 막둥이 아들이었다. 친구 집에서 한참을 놀다 밤늦은 시간에 이웃집 차고지에서 자고 있는 버스 안내양을 희롱하러 간다고 나섰다. 살금살금 문을 열고 방으로 들어섰는데 방안 가득 고추를 넣어 말리고 있었다. '버석' 하고 고추 밟히는 소리에 안내양이 '누구야' 소리쳤다. 우리는 문을 박차고 튀었다. 고추 덕분에 안내양 희롱은 미수에 그치고 말았지만, 재미로 시작한 짓궂은 장난이었다. 비록 장난으로 시작했지만, 고추 밟히는 소리가 없었다면 안내양 방까지 가서 어떻게 했었을까. 안내양이 놀라 소리치면 옆방의 주인들이 뛰어나오고 한바탕 난리가 나며 큰 말썽이 생겼을 것이다. 최근의 미투 사건을 보면서 장난으로 했을지라도 상대에게는 큰 상처를 줄 수 있다는 것을 알았고, 이제야 잘못된 것임을 깨달았다.

얼마 뒤 울퉁불퉁한 신작로에 포장이 되었다. 흙탕물도 안 튀고 버스도 자전거도 빨리 달릴 수 있게 되었다. 중부고속도로가 개통되어 동네 가까운 곳에 나들목이 생겼다. 차들이 고속도로에서 익숙해진 속도로 동네 앞을 내달렸다. 동네 아주머니 두 분이 한꺼번에 변을 당하셨고, 이웃 동네 친구 아버지도 돌아가셨다. 초등학교 1학년 친구 아들도 학교에 가다 참변을 당했다.

그 친구는 충격을 이기지 못하고 결국 고향을 떠났다. 또다시 길을 확장한다는 계획이 섰다. 동네 모두가 농기계까지 동원하여 반대했다. 덕분에 동네 멀리 냇가 둑으로 우회하여 더 넓은 새로운 길이 만들어졌다.

차들은 넓어진 도로를 더 빠르게 달리기 시작했다. 세월의 변화를 등에 업고 달리고 있었다. 그로 인한 많은 부작용은 가슴에 묻히고, 바람 속에 묻혀 세월 속으로 사라져 갔다. 길은 점점 넓어지고 똑바로 되어 편리하게 변화하고 있지만, 옛날 아련히 걸으며 들었던 개구리, 맹꽁이 소리는 간곳없고, 좁은 길을 걷다 보면 발끝에 차이는 풀 섶도 사라졌다. 구불거리는 길을 걸으며 불편하다고 말한 적도 없는데, 개발이란 명분으로 이렇게 나의 낭만을 빼앗아 갔다. 온갖 사고는 편리함의 속도에 비례하여 늘어만 갔다.

우리 삶에 무엇이 더 좋은 것인지 모르겠다.

길은 우리가 사는 모든 곳에 있다. 땅에는 오솔길도 있고, 자동차 길, 기찻길이 있다. 바다에는 뱃길, 하늘에는 비행기 길이 있다. 내 삶 속에는 나만이 가고 있는 나의 길이 있다. 내가 걸어온 길은 어떤 길이었을까. 지금은 어떤 길을 가고 있는 것일까. 포장된 탄탄대로는 아닐지라도 부모님을 잘 만나 평탄한 길을 걸어왔다. 비록 비가 오면 흙이 튀기는 비포장 길이었지만 천천히 흙 튀기는 걸 피하며 걸어왔다. 앞으로 갈 길도 크게 굴곡 없는 평탄한 길일 것이다. 왜냐하면 이제 모든 삶의 길이 마무리하는 과정만 남았으니 굴곡이 생길 일이 있겠는가.

모든 움직이는 것들은 자신에게 주어진 길만을 가야 한다. 자신의 길을 이탈하면 사고의 위험이 따른다. 사고 대부분이 자신에게 주어진 길을 벗어나 생기는 것이다. 땅에서뿐만 아니라 바다에서도 심지어 넓은 하늘에서도 자기에게 주어진 길을 가지 않으면 큰 사고로 이어질 수 있다.

나는 나의 길을 벗어나지 않고 가고 있는 걸까. 길을 가노라면 끊임없이 이탈의 유혹을 뿌리치지 못할 때가 많다.

내가 가지 못하는 미지의 길에 대한 동경으로 틈만 생기면 옆길로 눈길을 주며 이탈을 꿈꾼다. 옆에 있는 길이 더 넓고 화려해 보이기 때문이다.

그래도 여태껏 평탄한 길을 걸어온 것을 보면, 내가 걸어가야 하는 길에서 아주 엉뚱한 방향으로 벗어나지 않은 것 같아 안심이다.

앞에 오는 길에도 이탈하지 않도록 처신에 더욱 신중해야 한다.

젊었을 때의 이탈은 한때의 실수로 치부할 수 있지만, 이젠 누구도 실수로 봐줄 수 없는 연륜의 무게 때문이다.

孝經에도 '도가 아니면 행하지 말고 길이 아니면 가지 마라非法不

言 非道不行'고 하지 않던가. 내가 걸어온 길이 많이 벗어나지 않았다고 자만하거나 면피免避에 만족해도 안 된다. 지금껏 걸어온 길이 스스로 개척하여 걸어왔는지. 물 흐르듯 뒷사람에게 떠밀려 여기까지 온 것은 아닌지 반성하며 가야겠다.

오늘도 나는 나에게 주어진 길을 걸으며 지나온 길을 뒤 돌아본다.

낯선 전화

아침부터 검은 구름이 하늘 가득하다. 오후 들어 이슬 같은 가는 빗방울이 소리 없이 초록 새싹 위에 내려앉는다. 비중에는 봄비가 제일 예쁘다. 파릇하니 피어나는 새싹을 더욱 선명하게 하는 봄비요. 붉은 영산홍 꽃잎을 통통하게 살찌우는 것도 봄비고, 우리들의 가슴을 촉촉이 적셔 주는 것도 봄비다. 그래서 봄비는 누구에게나 정겹다. 봄비 중에서도 감성을 불러오는 비는 촉촉한 가랑비다. 이렇게 조심스럽게 내리는 비는 누구에게도 피해를 주지 않아 좋다. 비가 오는 것도 톡톡 빗방울 떨어지는 소리에서, 나뭇잎이 조금씩 흔들릴 때나, 포도鋪道 위에 부딪혀 튀어 오르는 하얀 물방울이 보석처럼 반짝반짝 빛날 때면 반가움에 빗길을 한참이나 걷곤 한다.

이렇게 길 위에 하얗게 튀어 오르는 물방울을 세고 있으면, 잊었던 옛 추억이 살그머니 되살아나 메마른 가슴을 적신다. 어렸을 적 추억이나 지나간 첫사랑에 대한 추억이 솟아오른다. 한창 젊음이 넘쳐나던 군 시절.

아까시 꽃이 하얗게 만발한 오월에 만났던, 하얀 꽃처럼 얼굴이 인상 깊었던 그녀는 어디에서 세월을 쌓아가고 있을까.

벌써 강산이 네 번이나 바뀌는 세월이 흘렀는데 많이 변했으리라. 우리 삶은 만남의 연속이라 하는데, 어떤 만남은 기억도 없이 금세 사라지고, 또 다른 인연은 평생을 잊지 못하고 가슴속에 아련한 것은 어떤 연유일까. 오감으로 느끼는 것보다 강력한 자극이 가슴속에 새겨져 잊히지 않기 때문일 거다.

어린 시절의 추억이 성인이 된 후에까지 오래 기억할 수 있는 것은 태어나 처음으로 겪는 경험이 오랫동안 남기 때문이라 한다. 그래서 사랑도 첫사랑이 잊히지 않고 오래 기억되는가 보다.

그렇게 가랑비를 바라보며 추억에 젖어 있는데 낯선 전화가 왔다. 내 이름을 확인하더니 바로 끊었다. 궁금하기도 하여 발신 번호로 전화하니 수신 거부다. 이튿날 다시 걸어보니 결번이라는 안내로 더 큰 궁금증을 유발한다. 누굴까. 무슨 이유로 이름만 확인하고 끊었을까. 어떤 사연으로 전화번호를 해지까지 하였을까. 무엇이라도 실마리를 찾아보려 머릿속에 저장된 기억의 조각들을 하나하나 꺼내 보며 상상의 나래를 펼쳐본다.

우선 지금껏 살아오면서 누구에게 원한을 살만큼 감정을 상하게 한 적이 있나 생각해보지만 뚜렷이 기억에 남는 일이 없다. 지나간 첫사랑과 관련 있는 걸까.

첫사랑 연인이 갑자기 사고를 당하여 병원에 입원했는데, 죽기 전에 한번 보고 싶다고 주변 사람에게 전화 부탁한 것은 아닐까.

영화나 소설에서 본 듯한 일을 나에게 대입하여 상상해 본다. 만난다면 어떤 말을 먼저 해야 하나. '오랜만이요'라고 할까. '얼마나 편찮으세요.'라고 해야 하나.

실제로 아는 지인이 첫사랑 연인이 암으로 입원해 있는데, 마지막으로 얼굴 한번 보고 싶다고 하여 면회하러 갔었단다. 안 가느니만 못하였다고 후회하는 말을 들었다. 첫사랑의 아름다운 추억은 그냥 가슴에 묻어두고, 세월의 흐름에 맡겨 놓는 것이 좋을 듯하다. 상대방의 남아있는 잔상은 이미 오래전 젊었을 시절 모습일 뿐일 테니까. 예전의 모습은 어디에서도 찾을 수 없기 때문이다. 서로 간에 공유하지 못하고 단절된 시간이 너무나 많은 변화를 동반했기 때문일 거다.

아니면 오래전 친구가 어떤 이유에선지 내 앞에 나타나기는 힘들고, 사는 것이 궁금하기는 하고 하여 목소리로 존재 여부나 확인한 것은 아니었을까. 보이스피싱 하려는 사기꾼이 사전 확인 작업은 아니었나. 있을법한 일들을 모두 꺼내 놓고 비교 상상해 보지만, 실제 일어날 수 있는 것은 아무것도 없는 것 같다.

까마득히 잊었던 옛 친구가 소주나 한잔하자고 찾아오면 좋겠다. 더구나 오늘같이 분위기 있는 날 저녁이라면 더 바랄 것이 없을 것 같다.

이래저래 마음만 뒤숭숭하게 만든 전화다.

봄비가 촉촉이 내리는 오후 시간은 서서히 빗방울 속에 묻혀만 간다.

다산초당茶山草堂

아름다운 가을날에 설레는 마음으로 아내와 함께 버스에 올랐다. 광주에 살고 있는 딸네가 사돈 내외와 우리 부부를 초청하여 남도 여행을 시작하였다. 차창밖에 비치는 들판과 산들은 남쪽으로 향할수록 가을이 한창 무르익고 있었다. 우리 주변은 단풍이 막바지에 이르고 있는데, 남쪽으로 향할수록 단풍이 불타는 듯 한창이고, 들판엔 벼가 누런 황금색으로 넓게 이어지고 있었다.

딸 내외의 안내로 백련사를 찾았다. 백련사는 다산초당과 같은 강진군 도암면 만덕산에 있는 사찰이다. 다산은 백련사 주지였던 아암 혜장선사와 이곳에서 만나 많은 깨달음을 느끼고 저술에도 영향을 받았다고 한다.

사찰 입구부터 아름드리 동백나무가 사찰의 역사를 말해주고 있었다. 반짝이는 동백나무 잎들과 산새들의 노랫소리로 우리의 마음을 풀어 놓는다.

동백꽃의 아름다움은 볼 수 없어 유감이지만, 숨이 막힐 듯 아름답다고 하니 눈을 감고 상상해 본다. 숲속을 걸으며 사돈과 서먹함을 없애려 동백꽃 이야기와 풍경이야기를 이어갔다. 백련사는 아담하고 깨끗했다. 대웅전 앞에는 오래된 배롱나무가 꽃을 모두 떨어뜨리고 홀로 서 있다. 팔등신 여인이 방금 목욕을 끝내고, 두 손 모아 합장하듯 아름다운 모습으로 손짓하듯 서 있다. 매끈하고 하얀 속살로 겨울을 기다리는 모습이다.

어찌 이리 수려할 수가 있는가. 가지가 유난히도 많은 배롱나무 꽃은 여름을 장식하고, 입구에 그 많은 동백꽃은 겨울을 장식하여, 백련사에 계신 부처님은 일 년 내 꽃 공양을 받으시니, 백련사는 꽃 향기로 가득한 절이다.

사찰 계단 아래로 내려와 동백나무 자생지와 숲속 오솔길을 2킬로 정도 걸었다. 다산이 유배 가던 길을 걸어 산모퉁이를 돌아가니, 작고 아담한 다산초당이 나타난다. 이곳은 다산이 18년 강진 유배 생활 중 10년을 기거하며 학문을 연구하고 책을 저술했던 곳이란다. 추사가 쓴 특유의 글씨가 새겨진 현액縣額으로 역사와 경외함이 더욱 묻어났다. 마당 옆으로는 다산이 직접 만든 작은 연못에는 금붕어를 키워 적적함을 달래고, 날씨를 예측했다고 하는 연지석가산蓮池石假山이 있다. 연못 위쪽에는 대나무를 반으로 쪼개 만든 수로를 통하여, 산속 정기를 듬뿍 담은 맑은 물이 졸졸 흘러 떨어지며 적막을 깨트리고 있었다. 연못 앞에는 널찍한 바위로 만든 다조茶竈가 있어 그곳에서 차를 마시며 학문을 논하고 손님을 대접했다 한다.

차를 끓일 때 물을 받아먹던 약천藥泉, 다산이 직접 썼다는 정석丁

石을 쓴 바위와 함께 다산사경茶山四景이라 하며, 아직도 다산의 체취가 묻어나는 듯하다.

다산은 18세기 실학사상을 집대성한 최대의 실학자이자 개혁가다.

그의 사상을 한마디로 표현하면 개혁과 개방을 통해 부국강병을 주장한 인물이라 할 수 있다. 다산이 우리나라 최대의 실학자가 될 수 있었던 것은 시대의 문제점을 정확히 파악하고, 그에 대해 개혁 방향을 제시할 수 있었기 때문이 아니었을까. 천주교 박해 사건인 신유사옥 때 강진으로 유배된 그는, 이곳에서의 유배하는 동안 독서와 저술에 힘을 기울여 그의 학문체계를 완성하였다. 특히 10년간 머무른 다산초당은 바로 다산 학문의 산실이었다.

다산은 유배 생활에서 지방 정치의 부패와 봉건 지배층의 횡포를 몸소 체험하며, 사회적 모순에 대한 보다 구체적이고 정확한 인식을 지니게 되었다.

정치에 관해서 뿐만이 아니라 문학발전에도 힘썼으며 과학, 의학 등 많은 분야에 저서를 남긴 대표적인 실학자이다.

'경세유표經世遺表'는 나라를 경영하는 제도에 대하여, '목민심서牧民心書'는 관리들이 지켜야 할 덕목을 가르쳤으며, '흠흠신서欽欽新書'는 통치자의 규범에 대하여 저술하였다. 홍역에 관한 책인 '마과회통麻科會通'과 종두법에 관한 책인 '종두심법요지種痘深法要旨'등 평생 500권을 저술하였다. 많은 저서 중에 내가 공직자로 퇴직한 연유일까. 목민심서에 관심이 쏠린다. 목민심서를 저술한 천일각 앞에서, 많은 생각을 하게 된다. 이 깊은 산속에서 학문에 열중할 수밖에 없었을, 그래야만 살아남을 수 있었던 다산의 마음을 읽어본다. 외롭고, 그래서 더 풍요했을지도 모를 그의 생각과 지식을 마음껏 펼친 곳이다.

500권의 저서 대부분은 18년 유배 시절에 쓰였다 한다.

참기 어려운 고독을 창조로 승화시켜 학문을 이룩한 위대한 학자이다.

긴 유배 기간이 다산과 가족들에게는 얼마나 힘들고 암흑 같은 세월이었을까. 얼마나 한이 맺히셨으면 아들들에게 남기신 편지에서 절대로 한양을 떠나지 말라고 당부하셨다고 한다.

다산초당을 내려오며 그분이 남기고 간 자취를 한 발짝 한 발짝 찾아내 가슴속에 심었다.

순례巡禮의 길

텔레비전 리모컨을 누를 때마다 딴 세상이 펼쳐진다. 연예인들의 화려한 노래와 춤 잔치로, 유명인사의 정치 관련 말 잔치, 동물들의 재롱 잔치, 포탄이 터지며 아비규환의 전쟁 영화 등 리모컨을 여기 저기 누르며 섭렵涉獵한다. 그중에 가장 눈길을 붙잡는 것이 '차마고 도茶馬古道'를 따라 순례의 길을 걷고 있는 일가족의 이야기에 빠져 든다.

차마고도는 실크로드보다 200여 년 앞서 중국의 차茶와 티베트 의 말馬을 교환하기 위해 개통된 교역로로 중국과 티베트, 네팔, 인 도를 잇는 육상 무역로다. 해발 4,000m가 넘는 험준한 길과 눈 덮 인 5,000m 이상의 설산과 아찔한 협곡을 잇는 이 길을 '마방馬帮'이 라 불리는 상인들이 말과 야크를 이용해 중국의 차와 티베트의 말 을 서로 사고팔기 위해 지나다녔단다.

이 길을 통해서 물물교환과 문화의 교류가 활발하였다.

쓰촨성에서 티베트의 성지인 '라싸'까지 무려 2,100킬로의 거리를 한 가족이 순례의 길을 떠난다. 3형제가 오체투지를 하며 가고, 아버지와 작은아버지는 음식과 텐트, 그릇 등을 수레에 싣고 앞서 간다.

해발고도 수천 미터의 설산을 넘고 험준한 계곡과 빙하 위를 걷는다. 쏟아지는 눈비를 그대로 맞으며 간다. 그것도 그냥 걷는 것이 아니라 오체투지五體投地라는 불교 예법으로 큰절을 올리며 걷는다. 자신의 몸과 마음과 말語을 위해 세 번 손뼉을 치며, 대여섯 걸음을 걸은 다음 온몸(五體)을 땅에 내던지듯 무릎을 꿇고, 두 팔꿈치를 땅에 댄 다음 머리가 땅에 닿도록 절한다. 오체五體는 인체의 다섯 부분을 뜻하는 말로 절할 때 땅에 닿는 머리와 두 팔, 두 다리를 말한다. 투지投地의 투投는 '던진다'라는 뜻으로, 오체투지는 부처에게 온몸을 던져 절한다는 의미이다. 가는 도중 냇가나 담장을 만나면 그 거리만큼을 제자리에서 절을 하고 건너야 한다.

손바닥으로 땅을 짚기 위해 만든 나무판이 50~60개가 닳아 없어지고, 가슴과 배와 무릎을 보호하려는 가죽 앞치마 8장은 가죽과 타이어 조각으로 계속 덧대지만 모두 닳아 없어진다. 땅에 닿는 이마는 여러 번 터져 흉터가 깊어져 지워지지 않는 훈장처럼 혹이 되어 간다. 밤이면 영하 20도를 밑도는 기온에 바람이 마구 치는 얇은 천막 속에서 잠을 자고, 식사는 마른 빵 한 조각과 차 한 잔이 전부다.

세 아들을 돕기 위해 따라나선 67세의 아버지는 오래전부터 폐렴으로 고생을 한 뒤이기에 그대로 또 하나의 순례길이다. 아버지의 건강을 염려하는 취재진에 "순례길에 죽으면 오히려 영광이지요.

그대로 그 자리에서 장례 지내면 됩니다." 그렇게 차마고도의 순례를 떠난 지 185일째, 티벳 불교의 본산지인 성지 파탈라궁과 조캉 사원에 도착한다. 이곳에서 두 달쯤 머무르면서 10만 번의 절로 모든 순례를 마무리한다.

이 순례를 통해서 무엇을 원하느냐고 묻자, 놀랍게도 그들은 말한다. "다음 생애에는 마음이 넓은 사람이 되어, 모든 이의 고통을 덜어줄 수 있었으면 합니다."라고.

순례를 마치고 두 노인은 다시 걷고 또 걸어서 귀가하고, 막내는 동충하초를 따러 간다. 두 형제는 라마(티베트 승려)가 되기 위해 출가한다. 집에 있는 처자식들은 이미 그렇게 되는 걸 당연하게 생각하고 덤덤히 받아들인다.

오래전, 제대 후 복학하기 전에 지금처럼 무료한 시간을 보내고 있을 때였다. 삶이 무엇인지, 깨달음이 무엇인지 궁금하였다. 답을 얻기 위하여 속세를 떠나 스님이 될 용기는 없었고, 학문을 통하여 얻고자 하는 열정도 없었다. 단지 궁금할 뿐이었다.

어느 여름날 저녁 우암산 삼일 공원 나무 벤치에 앉아 삶에 대하여 생각해보기로 하였다. 어떡하면 깨달을 수 있을까. 네 시간을 꼼짝하지 않고 한자리에 앉아 버티었다. 오직 삶과 깨달음에 대하여만 생각하며 인내하였다. 모기가 달려들어도 피하지 않고 참았다. 처음 앉은 자세로 그대로 네 시간을 버텼다. 그 이상은 버틸 수 없었다. 다리도 절여오고 엉덩이가 딱딱하게 굳어오는 듯하여 다리를 절룩이며 자리를 털고 일어났던 기억이 새롭다.

결과는 아무것도 깨달을 수 없다는 것을 얻었다. 그까짓 걸로 깨달음을 얻을 수야 있겠냐만, 그래도 조금은 생각하는 것이 달라질 줄 기대했었다. 그냥 엉덩이가 아프다는 것밖에는 느낀 것이 없는 웃을 수밖에 없는 작은 추억이었다.

오체투지로 순례를 마친 사람들은 평온한 마음으로 다시 일상으로 돌아가 감사한 마음으로 살아갈 것이다. 그들이 느끼는 불편함은 우리가 느끼는 것이다. 그들은 불편한 고통을 깨달음을 얻는 과정의 일부로 생각하고 있었다. 그 생활을 감사한 마음으로 받아들이는 것이니, 그들의 생활 방식을 받아들여 타산지석으로 삼아야 한다고 생각해본다.

가을비

안개 자욱한 빗줄기 속으로 가을바람이 일렁인다. 가을을 가득 담은 울긋불긋한 바람이다. 비바람이 지나는 자리엔 후드득 단풍잎이 빗줄기와 함께 떨어진다. 아름답지만 처연한 생각이 든다. 한 생명을 다했다는 마지막 의미 때문일까. 한 해를 마무리한다는 세월의 흐름 탓인가. 어쩌면 한 살을 더 보태야 하는 나이 든 사람들의 심정일지도 모르겠다.

나풀나풀 떨어지는 낙엽에 하나하나의 추억이 묻어나고 한 장의 시가 되어 쌓인다. 가을날 오후 울긋불긋한 낙엽이 바람에 떨어지는 한적한 오솔길을 걷노라면 바로 시인이 되고 철학자가 된다.

가을에 오는 비는 쓸쓸한 느낌이다. 사랑하던 연인과 헤어져 부슬부슬 내리는 빗속에 노랗게 물든 은행나무 숲속을 걸어가는 느낌이랄까.

촉촉하게 젖어 땅에 떨어져 찢긴 낙엽을 밟으며 걸어가는 기분은 공허하다. 빗줄기를 맞으면 붉게 물들었던 단풍마저 떨어져 주변을 더 황량하게 한다. 이번 가을비가 끝나면 한층 추워질 거다. 움츠려야 하는 겨울로 바싹 다가갈 것이다. 추운 겨울에는 비가 눈으로 변하여 내린다는 것은 다행이다.

눈은 왠지 깨끗한 느낌이다. 맞아도 비처럼 젖지 않고 단지 툭툭 털어내면 그만이다. 우리 삶의 애환도 그렇게 툭툭 털어낼 수 있다면 얼마나 좋을까. 눈은 털어내어 흔적을 지울 수 있다면, 비는 온몸으로 받아드리는 숭고한 희생의 모습이다.

오래전 군 생활 중에 아산 현충사를 찾았었다. 그날도 오늘처럼 오색단풍이 현충사 안에 가득 찼었다. 그날따라 가을비가 단풍잎을 시샘하듯 쏟아지고 있었다. 우린 처마 밑에서 비를 피하고 있는데, 계단 밑으로 한 쌍의 연인이 쏟아지는 비를 맞으며 낙엽 위를 걷고 있었다. 한 폭의 그림처럼 멋있어 보였다. 가을비를 흠뻑 맞으며 걷는 장면도 멋진 풍경이다.

그것을 낭만이라 하던가. 빗물로 눈물을 지우려는 듯, 깊은 사연도 있어 보였다. 나는 비 맞을까 염려되어 처마 밑에 우두커니 서 있는데, 그들은 그 비를 다 맞으며 걷고 있었다. 나는 현실이고, 그들이 느끼고 있는 찬비는 그들에게 무엇이었을까. 사랑의 열병이었는지도 모른다.

그들은 또 다른 낯선 누군가가 이렇게 오랫동안 기억해 주리라 상상도 못 할 것이다. 하긴 자기들끼리조차도 이미 잊혀져간 추억일지도 모르겠다.

오랫동안 기억하고 싶은 추억도 세월의 흐름에는 어쩔 수 없이 잊혀 간다. 아름다운 추억이 잊혀져가는 것은 슬픈 일이다. 사랑하는 사람의 빛나는 눈동자나, 대화의 틈 사이에 숨겨진 사랑하는 마음은 오랫동안 기억하고 싶은 추억이다. 가을 빗줄기를 바라보며 남겨진 사랑의 잔상들을 애잔한 추억을 가을비 속에 묻는다.

　가을비가 내리면 땅이 굳어지고, 봄비가 오면 굳었던 땅이 녹는다.

　여름에 무럭무럭 키운 녹색 물결을 저마다 가지고 있던 색소로 가을을 물들이는 단풍잎은 참 곱다. 일찍 물든 단풍은 이번 비로 많이 떨어질 거다. 나뭇잎으로 소임을 다하고 불타는 듯이 몸을 불사르고 있다. 땅으로 떨어져 한 줌도 되지 않은 거름이 되어 다시 나무로 흡수되는 순환은 계속된다. 자연이 주는 순리는 이렇게 자연스럽다.

　가을이 되면 나무들은 겨울을 나기 위해 떨켜를 만들어 나뭇잎으로 가는 수분을 차단한다고 한다. 그래서 나뭇잎들이 퇴색해 가는 것이 단풍이라고 하니, 참으로 자연의 섭리가 숭고하지 않을 수 없다.

　내 삶도 가을비를 맞고 있다. 지난여름 내가 뜨거운 태양을 받으며 전성기를 지낸 삶의 흔적이 있다. 이제는 가을비를 맞으며 아름다운 나만의 색으로 물들여 가야 할 것이다. 그러기 위해 내 삶을 뒤돌아본다.

하부인을 찾아서

　간신히 길을 만들어 얼마를 지나고 보니, 앞뒤 분간도 안 되고 칡넝쿨, 가시넝쿨에 막혀 앞으로 갈 수도 뒤로 돌아갈 수도 없다. 어디에 숨었다 나왔는지 모기와 날 파리들이 떼를 지어 얼굴로 달려든다. 말 그대로 '진퇴양난'이다. 꼼짝없는 '독 안에 든 쥐'다. 이럴 때 멧돼지나 뱀을 만난다면 피신할 방법이 없다. 등골이 오싹해진다. 내가 왜 이 고생을 사서 하나 하고 뒤늦은 후회를 한다. 한참을 헤집으며 출구를 찾느라 우왕좌왕하는데 눈앞에 낯익은 모습이 보인다. 하부인(하수오)이다. 순간 '감사합니다' 하고 산삼을 만난 것처럼 감사한 마음으로 '심 봤다'라고 속으로 외친다.

　순간, 후회했던 마음이 흔적도 없이 사라진다.

　주변의 넝쿨들을 제거하여 앞뒤 공간을 만들어 하부인 채취 기반을 확보한다. 엉켜있는 덤불 속에 숨어 있는 하부인 잎을 다시 확인하고 줄기를 놓칠세라 손으로 흔들어 뿌리의 위치를 확인했다. 줄기를 땅 부위에서 자른다. 줄기에서 하얀 진액이 흐른다. 어쩌면 눈물 같다는 생각에 잠시 멈칫했다. 수년간을 어둡고 칙칙한 자리에서 이만큼 성장하기 위하여 얼마나 힘들었을까. 주위의 덤불들과 햇볕을 더 차지하기 위하여 엉켜 싸우며 지탱하지 않았던가. 그래서 이만큼 컸는데 줄기가 잘리고 뿌리가 캐어지는 아픔을 감내해야 하는구나.

하지만 너무 아파하지 마라. 조금 있으면 깨끗이 씻기어 예쁜 병에 담겨 진열장이나 사람들이 제일 많이 바라보는 T.V 받침대 옆에 모셔놓을 것이다. 많은 사람들이 멋있다고 감탄하며 바라볼 것이다. 또 얼마가 지난 후, 당신은 또 다른 모습으로 변모하여, 엷은 황금색으로 우러난 모습에 보는 이들을 반하게 될 거다. 황금색으로 변한 당신의 잔재들은 흰 머리를 검게 할 수 있다고 사람들이 애용할 것이고, 많은 부인들이 갱년기에 좋다고 예뻐할 것이니, 지금까지 칙칙하고 어두운 곳에서의 삶과는 전혀 다른 따뜻하고 밝은 세상이 당신을 기다리고 있을 거다. 라고 위로하며 땅을 파기 시작했다. 땅 파기도 만만찮다. 공간 확보도 그렇지만 땅속에는 주변 온갖 나무들 뿌리가 엉켜있어 쉽게 모습을 드러내지 않는다. 나무뿌리를 잘라내고 돌을 치우고 겨우겨우 뿌리를 확보하여 잔뿌리가 다치지 않도록 조심하여 파 내려갔다.

조금씩 뿌리가 드러날수록 세상으로 나오기 싫은 몸짓으로 거부하지만 이미 대세는 결정된 상태다.

조심하여 파지만 이미 괭이에 찍히고 나무뿌리에 엉켜 겉가지 하나가 끊어졌다. 내 팔다리에 상처가 나는 것만큼이나 속상하다. 성미 급한 내 탓을 해본다. 모든 일에 서둘러서는 안 된다고 다짐 해왔건만 오늘도 서두르고 말았다. 아직도 사는 방법을 터득하지 못한 증거라 자책해 본다.

우보천리牛步千里로 살아야 한다고 하면서도 결정적인 순간에는 호보십리虎步十里로 사는 것은 아닌지.

힘들게 캐어 보니 생각보다 크기는 컸지만, 끝이 썩어가기 시작한다.

오늘 나를 만나지 않았다면 얼마 안 가서 모두 썩어 없어질 운명이었다.

다행이라는 생각을 해본다. 아니면 또 다른 모습으로 화려하게 부활할 기회를 잃어버렸을 수도 있었을지도 모른다.

손, 발, 옷이 흙투성이다. 대강 툭툭 털고 또 다른 하부인을 찾아 가방을 둘러멘다.

집에 도착하여 설레는 마음으로 하부인의 변신을 위해 준비한다. 우선 하부인 옷을 깨끗이 모두 벗겨야 한다. 팔, 다리가 상하지 않도록 정성을 다해 옷을 벗기면 하얀 속살이 백옥 같다. 하얀 속살을 정갈하게 씻는다.

눈부신 나신裸身을 깨끗한 포장지 위에 조심스럽게 눕힌다. 어느 여인의 모습이 이보다 더 아름다울 수가 있는가. 가슴이 두근거린다. 이 도령이 춘향을 바라보듯 지긋한 눈길로 바라보면 하루의 피로가 스르르 녹는다.

어느 정도 물기가 마른 후 유리병에 하부인을 정성껏 모셨다. 밖에서 보기에 가장 아름다운 자태로 보이도록 자세를 바로잡아 교정하였다. 다음에 술을 붓는다. 병 밖으로 비친 하부인은 술에 굴절되

어 본래의 모습보다 더 크게, 더 굴곡지고 아름답게 투영되어 하나
의 작품으로 탄생되었다.

　호랑이는 죽어서 가죽을 남기고 하부인은 죽어서 약주를 남긴
다.'라는 속담이 생길지도 모를 일이다.

갈등葛藤

사람 사는 세상은 어디에서나 갈등이 존재한다. 심지어 동물이나 식물 세계에도 갈등은 존재하는 것 같다. 갈등 속에서 발전하고 쇠퇴하며 세상이 이어지고 있나 보다. 칡과 등나무가 서로 복잡하게 얽히는 것과 같이 개인이나 집단 사이에 충돌을 일으키는 것을 갈등이라 한다.

일본과의 갈등이 심상찮다. 일본과의 갈등은 불행한 과거사로부터 오랫동안 누적되어온 지긋지긋한 상태다. 최근에 강제 징용 배상 판결에 대한 불만을 일본이 무역 제재로 갈등은 정점을 향해 치닫고 있는 느낌이다.

백제 시대에는 우리의 문화를 배워가는 과정도 있었으나, 오래전부터 일본은 대륙으로의 진출에 우리 한반도를 징검다리로 삼으려 호시탐탐 노려왔다.

임진왜란, 정유재란으로 온 나라를 쑥대밭으로 만들더니, 섬나라 특유의 호전성을 바탕으로 한반도를 36년간 강점하여 우리 민족에게 씻을 수 없는 모욕과 상처를 남겨놓았다.

친일 성향의 군사정부는 한일수교를 맺어 국교를 정상화하였다.

일부 몰지각한 친일파 인사들이나, 일본에서는 한일수교 때 손해 배상도 하였고 사과도 하였으니, 모든 것이 끝났다고 딴소리하지 말란다. 언제까지 과거사에 매달려 있을 거냐고 강변한다. 심지어 일본의 강점으로 산업화가 되었으며 우리나라가 근대화로 발전하는 계기가 되었다고까지 우긴다.

그것은 일제가 자기들 군수물자 수송 등 우리나라를 약탈하기 위하여 자기들 필요에 따라 철도도 놓고, 길도 닦고 한 것이지 진심으로 우리나라 발전을 위하여서 했다고는 말할 수 있을까.

언제까지 사과에 매달려 과거를 벗어나지 못할 거냐고 반문한다.

사과는 한 번만 하면 모든 잘못이 용서되는 걸까? 피해자가 원하면 언제든지 열 번이고 백번이고 용서를 빌어야 하는 것이 진정한 가해자의 사과하는 자세일진대. 왜 자꾸 귀찮게 보채느냐고 하면 곤란하다. 백번을 사과한들 36년의 치욕이 씻어질까? 천 번을 사과한들 우리가 받은 상처가 치유될까? 그런데도 일부 친일 인사들은 언제까지 과거사에 발목이 잡혀 있을 거냐며, 오히려 일본 편에 서서 일본을 대변하는 듯한 발언을 한다. 심지어 위안부나 강제 징용이 자발적으로 이루어졌으니 일본에는 잘못이 없다는 궤변을 늘어놓는다.

일본이 아직도 우리를 지배하고 있는 듯 우리나라를 얕잡아 보는 것에는 우리의 잘못도 크다. 친일 청산을 못 한 대가다. 독립군을 잡던 일제 경찰, 군인이 해방 후에는 다시 국군, 경찰이 되어 독립

운동하던 인사들을 잡아 빨갱이로 덮어씌우고 학대를 하였으니, 우리 민족의 정기가 제대로 이루어지겠는가. 심지어 학대를 못 견디고 월북한 인사들은 목숨을 걸고 독립운동에 몸 받쳤던 과거는 모두 지워지고, 이름이 거명되는 것조차 금기시되어 철천지원수 빨갱이로 남아있지 않은가. 비록 월북은 비난을 받을지라도 과거의 독립운동 사실은 사실대로 인정해 주어야 한다.

양지만 좇던 친일파는 시대의 흐름으로는 어쩔 수 없는 선택이었노라 강변하며 모든 것을 누리고, 죽을 고비를 넘기며 독립운동을 하다 월북한 인사는 민족의 원수로 낙인찍혀 후손 대대로 핍박받는 것은 모순이다.

일제에 앞장섰던 기회주의자들은 해방 후에도 부와 권력의 주변에 서성이며, 지금까지도 그 후손들이 우리나라를 좌지우지하고 있지 않은가. 늦었지만 지금이라도 친일 청산을 해야 한다. 그래서 우리 민족의 정기가 살아나 일본이 우리를 더 이상 우습게 보지 않도록 하여야 한다.

청산의 기회를 반민특위 해산과 증거자료까지 모두 불태웠다 하니 이해할 수 없는 공권력의 집행이었다. 증거자료가 없어 처벌은 못 한다면, 명단이라도 공개하여 원죄를 단죄하여야 한다. 청산되었어야 할 친일 세력들은 해방 후부터 지금까지 현대사 70년 중 60년 동안 정권을 잡아 호가호위하였으며, 그중에서도 군부 쿠데타 세력들이 절반인 30년을 집권했으니, 이 나라가 이 정도로 지탱하고 있다는 사실도 어쩌면 놀라운 일이다. 그것은 우리 국민들의 깨어있는 의식과 성숙한 민주주의의 결과라 할 수 있겠다.

일본이 선거에 이용하기 위하여 선거 때마다 우리에게 화살을 돌려 집권당에서 큰 효과를 보았다 한다. 이번에도 선거를 앞두고 우리를 괴롭히기 시작했다. 내부의 불만을 만만한 우리에게 뒤집어씌우려는 계략일 것이다.

우리가 이렇게 이념에 사로잡혀 우왕좌왕하니, 일본은 더 기고만장하여 날뛰고, 우리를 아직도 지배하고 있는 것 같은 착각에 우리를 자기들 선거에 이용하는 것일 거다.

나라가 어려움이 있을 때 정치권에서부터 평소에는 싸울지라도, 외환이 닥쳐올 때는 합심하여 위기를 극복하여야 한다. 목소리를 하나로 합쳐야 한다. 서로 도움을 주지 못할지언정 발목을 잡지는 말아야 한다. 또다시 암울한 36년의 핍박을 되풀이해서는 안 되기 때문이다.

지난 역사에서 우리가 살아나가야 할 방안을 배워야 한다.

위기 때마다 슬기롭게 대처하는 우리 민족의 저력을 기대해 본다.

5부

병풍

그때에도 아내의 꿈이 깃든 꽃과 나비들을 처음처럼
생생하게 지켜 줄 것이다.
그 병풍 속에 우리들의 사랑과 인생이
아름답게 녹아 있도록 소중히 간직하련다.

병풍

아버지 제사를 지내려 아무렇게나 베란다 구석에 놓여있던 병풍
을 펼쳤다. 아뿔싸, 병풍 귀퉁이가 장맛비에 젖어 까맣게 썩어가고
있었다.

다행히도 한 땀 한 땀 아내의 정성이 깃들어진 꽃송이들은 괜찮
아 보였다.

이만하길 다행이다. 아내에게 미안한 마음이 곱게 수놓아진 꽃송
이 속으로 스며든다. 한창 풋풋한 시절의 꿈을 담아 꽃잎으로, 새들
의 눈동자로, 나비의 날갯짓으로 정성을 다한 아내의 꿈들을 지키
지 못하고 병풍을 망가트렸다. 아내는 그런 안타까운 마음을 아는
지 모르는지 "그냥 버리고 다시 사요" 한다. 아내의 꿈이 서려 있는
병풍을 김홍도의 그림에 비교할 수 있을까.

추사의 글씨가 있다 한들, 이 병풍보다 더 귀하게 여길까. 나에게
만큼을 밀레의 '만종'보다도 소중한 작품으로 생각하고 있는데, 그
걸 버리고 다시 사면된다니.

어쩌면 병풍을 간수 못 하여 망가트린 것처럼, 아내의 일상을 소홀히 하는 나를 뒤돌아본다. 결혼 전 아내의 마음을 얻으려 노력하던 시절엔 아내를 한번 만나러 가려면, 교통이 불편하여 하루에 몇 번밖에 없는 버스를 타고 증평으로 가서 다시 청주로, 서울로, 인천으로 4시간 이상을 버스를 바꿔 타고 달려가야 만날 수 있었다. 잠깐 만남 후 아쉬움을 뒤로 하고 늦은 시간 막차를 타고 집에 오는 날에는 차창 밖 밝은 달빛 속에는 그리움이 가득했다. 목소리라도 확인하려면 전화국으로 가서 시외전화 신청한 후, 한참을 기다려 안내원이 몇 번 전화박스에 연결됐다고 하면, 박스 안으로 들어가 통화하던 추억이 아련하다. 지금처럼 모든 교통, 통신 수단이 발달하기 전으로 직접 만나기가 어려워 지금 보면 간지러운 편지를 하루건너 만큼 보냈었다. 미처 답장이 오기 전이라도 마음을 부풀려 사랑의 약속을 남발했던 것 같다.

아내는 그 빛바랜 편지들을 무슨 보물이라도 되는 양 장롱 깊이 간직하고, 이사 때면 잃을까 염려되어 먼저 챙겨 놓곤 했다.

아내는 그때 내가 한 약속을 기억하고 있을까. 잊고 있기를 바란다.

만약 기억하고 있다면 얼마나 실망할까 하는 두려운 마음이 앞서서다.

나 역시 그 시절 기억이 단편적으로만 남아있을 뿐이다.

서로의 마음을 확인한 후 결혼에 대한 확신이 섰을 때쯤 언니네로 인사를 하러 가는 길이었다. 서울서 천안 가는 완행열차 안에서 기차 출입문에 문제가 생겨 열린 상태로 달려가고 있었다. 승객들 모두가 힘들어하고 있었다.

기차는 사정을 아는지 모르는지 초겨울 바람을 가르며 무심히 달려가고 있었다. 위험하기도 했지만 바람이 차가워 꼭 닫아야 했다. 문 쪽으로 다가가 힘껏 밀었다 당기기를 여러 번 하여 힘겹게 닫았다. 주변 승객들의 박수를 받으며 그녀 앞에서 어깨를 으쓱했다. 그때 마주친 그녀의 눈빛이 한없이 고왔던 추억이 세월의 저만치로 흘러간다.

그 달리는 기차 안에서 약속했다. 두 가지만 약속한다고. 첫째 돈 꾸러 옆집에 가지 않게 할 거라고, 두 번째는 집안에 항상 꽃을 피워 놓겠노라고 했다. 촌스럽고 쑥스러운 프러포즈이었다.

과연 그 약속은 얼마나 지켜졌을까. 또 지금은 얼마만큼이나 지키고 있는가. 자신이 없다. 아주 작은 일에도 짜증부터 내는 자신이 아니던가. 다행히도 그런 나를 감싸주는 것은 오히려 아내였다. 후회와 짜증을 반복하지만 언제나 아내는 조용히 감내하여 주었다. 그러니 꽃밭은 내가 아니고 아내가 만든 것이다. 믿음직한 큰 꽃도, 예쁜 작은 꽃도 모두 아내의 힘으로 키웠다.

내가 할 수 있었던 것이 별로 없다. 아내의 보살핌 덕분에 큰 꽃도 작은 꽃도 자기들만의 꽃밭을 만들어, 그들만의 영역으로 가꿔 나가고 있다.

마음에 쏙 드는 짝도 만나 꽃밭을 그들만의 향기로 채워가고 있다. 모두가 아름답고 풍성한 꽃밭을 이뤄가기를 기대해 본다. 이런 꽃밭을 만들어 준 아내에게 병풍을 통하여 고마운 마음을 전한다. 내가 약속한 우리들의 꽃밭이 이 정도로 유지되고 가꿔나가는 것은 순전히 당신 덕분이라고 병풍 속에 속삭였다. "여보! 고마워요"

병풍은 전문가의 힘으로 다시 태어났다. 아내의 정성이 깃든 꽃잎들이 화사하게 되살아나고, 대나무 줄기도 절개를 상징하려 더욱 곧게 솟았다. 암수 한 쌍의 새들은 나뭇가지에 앉아 서로를 보듬어 주며 금방이라도 날아오를 듯 날갯짓을 시작한다. 화사한 꽃잎 위에는 나비가 앉아 날개를 펼쳐 보이며 아름다움을 자랑한다.

새롭게 태어난 여덟 폭의 병풍 속에서 아내의 꿈들이 다시 피어 살아났다.

세월이 가면 또다시 병풍은 낡아질 수밖에 없을 거다.

그때에도 아내의 꿈이 깃든 꽃과 나비들을 처음처럼 생생하게 지켜 줄 것이다. 그 병풍 속에 우리들의 사랑과 인생이 아름답게 녹아 있도록 소중히 간직하련다.

잠자리 잡기

가을 여행으로 아내와 함께 덕유산을 갔다. 가을이라 단풍관광객이 많았다. 우리는 오랜 시간을 기다려 케이블카를 타고 정상에 올랐다. 케이블카에서 내려다보는 풍경은, 산을 올려다보는 느낌과 다르다. 시야가 넓어지니 단풍이 절정을 이룬다. 정상에 오르니 수많은 잠자리 떼가 우리를 반겼다.

얼마나 많았던지. '펄벅'의 대지에 나오는, 왕릉의 밭을 휩쓸고 지나간 메뚜기 떼가 저렇게 많았을까, 하는 생각이 들 정도였다.

잠자리 떼를 바라보니 옛날 잠자리 잡던 추억이 아련히 떠오른다.

어렸을 때 잠자리를 잡기는 그 또래에게서는 최고의 인내심이 요구되는 놀이었다. 그 시절엔 잠자리채 등 잡을 수 있는 도구가 없다. 맨손이나 기다란 나뭇가지에 거미줄을 돌돌 말아 날개를 눌러 잡거나, 잠자리 꽃대를 꺾어 잎을 따고 손잡이를 길게 하여, 꽃을 잠자리 앞에서 빙빙 돌리며 노래를 했다. '남아리 동동 파리 동동 여기 여기 앉아라.' 그러면 잠자리도 꽃을 따라 눈을 빙글빙글 돌린다. 착각을 하는 건지 어지러운 건지 꽃에 앉는다.

그러면 천천히 꽃대를 당겨 잡았다. 체면에 걸린 잠자리는 날개를 잡아도 가만히 있었다. 잠자리를 이용할 때도 있었다. 한 마리를 잡아 꼬리에 실을 묶어 날려 보내면 다른 잠자리들이 달려들었다. 그때 실을 살며시 당겨 붙어있는 잠자리를 잡기도 하였다. 아마 수놈 잠자리인가 보다. 살아있는 모든 수컷은 암컷만 보면 무조건 달려드는 것이 본능인가 보다. 맨손으로 잡는 방법을 제일 많이 이용했는데, 잠자리가 머리 위를 빙빙 돌 때면 그 자리에서 잠자리가 앉기를 기다렸다. 움직이지 않고 제자리에 멈춰 있어야 한다. 다행히도 근처의 담장이나 나뭇가지나 빨랫줄에 앉으면 최대한 천천히 접근해야 했다. 손을 뻗어 엄지와 검지를 잠자리 날개에 최대한 접근시킨다. 이때부터가 진짜 인내심이 요구되는 시간이다. 손가락 사이에 날개가 들어오면 아주 천천히 미세한 움직임도 느끼지 못하도록 손가락을 오므린다. 엄지발가락에 힘이 잔뜩 들어가고 발바닥이 간질거린다. 손바닥엔 땀이 날 정도다.

모든 감각을 정지하고 손가락 끝으로 집중시킨다. 숨까지 멈춰야 한다.

그 순간만큼은 아무것도 보이지도 들리지도 않는다. 오직 잠자리 날개만이 보인다. 마지막 순간을 참지 못하고 급한 마음에 손가락을 바로 오므리면 지금까지의 노력이 헛수고다. 둥글고 커다란 눈을 빙글 돌리면 이미 움직임을 포착했다는 신호다. 손가락을 오므리는 짧은 순간 보다 잠자리의 날갯짓이 더 빠르다. 간혹 운이 좋은 날은 손가락 끝에 날개가 걸려 잡을 때도 있지만 거의 실패했다. 날개가 손가락에 닿을 듯 말듯 정도의 간격까지 최대한 접근한 다음 손가락을 순간적으로 오므려 날개를 잡아야 한다. 느릿느릿 움직이는 것 같지만, 얼마나 빠른지 움직임이 포착되면 잠자리의 날개가 순식간에 작동하여 멀리 날아갔다. 종잇장보다도 얇고 투명한 날개에서 어떻게 순간적인 힘이 나오는지 모르겠다.

잠자리의 머리 대부분을 차지하고 있는 커다란 눈은 수시로 빙빙 돌리며 주위를 경계한다. 마치 둥근 레이더 안테나와 같다. 가만히 들여다보면 눈에는 수많은 티브이 모니터를 펼쳐놓은 듯했다. 눈이 크고 둥글어 모든 것을 잘 볼 수 있을 것 같지만, 정지된 것에는 감지하지 못한단다.

둥글고 커다란 눈은 용의 눈과 같이 외부로 돌출되어 나왔다. 눈이 용을 닮았다고 영어로는 dragonfly라 부르나 보다.

잠자리는 살아있는 화석으로 3억 년 전, 공룡들과 함께 살아왔단다. 잠자리가 멸종되지 않고 살아있을 수 있는 요인은 무엇일까.

유충 시절에는 물속에서 모기 유충인 장구벌레를 잡아먹고, 성충으로는 하늘을 날며 모기를 잡는다고 하여 '모기 매'라는 별명을 얻기도 하는 우리에게 이로운 익충이다.

잠자리는 종류도 많다. 그중에 인기가 제일 많았던 잠자리는 방죽 등 저수지 가장자리에 많았던 장수잠자리로 잠자리 중에서 제일 크고 색깔도 화려했다. 동네 형들은 주로 장수잠자리를 잡곤 하였지만, 우리 차지는 못 되었다. 장수잠자리를 얻으려 형들 시중을

들며 졸졸 쫓아다녔지만 끝내 장수잠자리는 손에 넣어보지 못하고 말았다. 우리에게 주어진 잠자리는 제일 흔한 말잠자리나 고추잠자리뿐이었다. 잡은 잠자리는 한참 가지고 놀다가 싫증이 나면 잠자리 시집보낸다고, 잠자리 꼬리를 반쯤 자르고 거기다 새개비(벼 이삭 줄기)를 잘라 끼워서 날려 보내곤 하였다. 그때는 적당한 놀이기구가 없어서인지 곤충을 학대하는 놀이가 대부분이었다. 풍뎅이를 잡아 머리를 비틀어 놓고 날갯짓 구경하기. 맹꽁이배를 회초리로 톡톡 때려 부풀어 오르면 터트리기, 매미를 날지 못하도록 날개를 자르고 가지고 놀기, 방아깨비 다리 떼고 놀기 등 언제부터 생겨난 놀이인지는 모르지만 살아있는 생명에게 고통을 주는 놀이가 생긴 연유를 모르겠다. 얼마나 고통스러웠을까. 그때 곤충들을 못살게 한 죄업으로 요즘에 내가 허리, 어깨도 아프고 손목이 아픈 것인지도 모르겠다. 이제야 뒤늦게 곤충들에게 미안한 생각이 든다.

도야마 여행

  폭풍 같은 6월 중순, 연일 북미정상회담과 지방선거로 온 나라가 블랙홀에 빠진 듯하다. 장마철 후덥지근한 날씨에 국내외 정세변화로 매스컴에서 연일 난리다. 덩달아 나까지 울렁거린다. 정신없는 국내 분위기를 외면하고 해외여행을 떠났다. 딸 내외가 양가 부모들을 모시고 일본 도야마 여행을 계획하여 출발했다. 양가 부모들이 친해지기를 바라는 마음이었으리니 얼마나 갸륵한 마음인가. 나 역시 어려운 사돈과 만나기도 힘들고 친할 기회도 없었는데 내심 반겼다. 사돈과의 여행이 어색하지나 않을까 염려도 하면서, 한편으로는 기대도 되었다. 서둘러 우리 부부는 청주서 인천으로, 딸과 사돈 내외는 광주에서 인천으로 출발하여 공항에서 만났다.

  두 시간 하늘을 날아 바다 건너 아담한 도야마 공항에 내렸다. 도야마 시는 일본 혼슈 중부에 있는 인구 41만 정도의 작은 도시다. 도야마 공항은 인천공항에 비하면 버스터미널 정도로 작아 아담하고 조용했다.

도야마 시청은 간판도 없이 평범한 건물이었다. 시청 전망대에 올라 시내를 바라보니, 높은 건물이 없는 아담한 도시로 나무들이 유난히 많았다. 그리고 아주 조용했다. 저녁 자유시간에 우리 가족끼리 도야마 성을 관광하였다. 우리나라 공원과는 다르게 한적했다. 조용하여 산책하기 좋은 곳으로 우리 가족들은 전라도의 대표적인 말인 '거시기'와 충청도의 말끝에 붙는 '겨'에 대한 의미를 설명하며, 웃음꽃 속에 두 집안의 간극을 좁혔다.

마을 전체가 유네스코 세계문화유산으로 지정된 시라가와코 합장촌을 향했다. 100년이 넘은 전통 가옥들이 있는 산골동네로 아름다운 곳이다.

옛날이야기에나 나오는 깊은 산속에 사람들이 살고 있었다. 춥고 눈이 많이 오는 지역으로 산에서 나는 갈대를 엮어 두꺼운 지붕을 만들어 온기를 가두고, 눈이 쌓이면 집이 내려앉을까 염려하여 손바닥을 합장한 것처럼 급경사로 만들어 이름도 합장촌合掌村이란다. 경사가 60도 정도라고 하니 아주 가파른 지붕이다. 이렇게 되면 눈이 지붕에 쌓이지는 않을 것 같다. 지붕 두께가 1미터는 넘는 듯하다. 30년마다 개량한다고 한다. 추운 지방이니 보온효과도 대단할 것 같다. 삶의 지혜는 어느 곳이나 자연에 맞게 진화하고 있다.

모든 주민들이 공동으로 지붕을 만든다. 지붕을 만드는 날은 축제의 날이다. 마침 지붕을 개량하는 곳을 보게 되었다. 마을 사람들이 모두 동원된 듯 사람들이 매달려 작업을 하고 있었다. 갈대를 엮어 몇 층으로 지붕을 만드는 작업은 상당히 힘든 작업이었다. 땀을 흘리며 곡예를 하듯 줄에 매달려 작업을 하고 있었다.

마을 사람 모두가 합심하여 마을을 지키고 있다. 어려운 자연 속에서 긴 세월을 지켜온 전통에 대한 자부심이 대단한 것을 알 수 있다. 그들은 변화를 그렇게 원하지 않는 것 같았다. 집도 그렇지만 일상생활에서도 그들의 전통 옷을 입고 생활하는 모습을 볼 수 있다. 역사와 전통을 지켜나가며, 그것들이 주는 소중함을 간직하고 있다. 저들은 전부터 그 전통을 자랑으로 알고 물려받는다. 마을에는 전통 찻집도 있고, 음식점, 민속 소품을 파는 곳도 있으니 경제적으로도 많은 이익을 가져다준 셈이다. 운영도 마을주민이 직접 한다고 하니, 공동체의 약속을 서로 잘 지키고 있다.

이 마을에서 제일 중요한 것은 화재란다. 갈대로 엮은 지붕이 1미터가 넘으니 그럴 수밖에 없겠다. 그래서 하루에 두 번씩 화재진압 훈련을 한단다.

다음 날은 일본에서 가장 높은 구로베 댐(186m)과 수령이 천년이 넘는 다테야마 삼나무 원시림 등 대자연이 숨 쉬는 산림지대에 올랐다.

구로베 댐은 대단했다. 171명의 노동자가 희생된 댐이라 하니, 순직한 노동자들의 혼이 있는 댐이다.

원시림은 하늘을 찌를 듯 쭉쭉 뻗은 아름 들이 삼나무들이 빼곡하여 울창한 숲을 이룬다. 우리보다 먼저 산림녹화에 힘쓴 일본은 이런 울창한 숲을 잘 보존하고 있다. 일본은 섬나라로 산이 거의 없는 것으로 알았는데 우리와 같이 70%가 산이란다. 산허리까지 운무가 가득하여 몽환적이다. 짙푸른 숲이 우거지고, 그 기운이 뿜어내는 상쾌함이 내 몸을 감싼다. 나무들이 숨 쉬는 기운이 나를 아주 건강하게 하는 듯하여, 숨을 크게 쉬어 푸른 산소를 마음껏 마셨다. 이 넓고 많은 나무가 뿜어내는 산소가, 버스에서 나오는 메탄가스로 훼손될까 염려되어, 버스도 전기를 이용하여 원시림을 보존하고 있었다. 계곡과 계곡 사이에는 흔들다리 같은 통행로를 만들어 원숭이들이 왕래할 수 있도록 하여 자연 생태계를 보호하는 모습이 정겹다. 자연과 인간이 혼연일체로 살아가는 모습이 부럽다.

산 정상에는 눈 세상이다. 도로변 양쪽으로 벽돌로 쌓은 담장처럼 하얗게 쌓인 눈 담장 사이를 걸었다. 화산분출로 연기가 피어오르는 곳에는 특유의 유황 냄새로 머리가 아플 정도다. 섬나라 특유의 부글거리며 지하수가 끓고 있는 곳이다. 산이 높아 산소 부족으로 피곤은 누적되었지만, 평소 경험하지 못한 곳인지라 힘들게 트래킹 코스를 한 바퀴 돌며 렌즈로, 가슴으로 멋진 설경을 담았다. 산 위에는 나무들이 바람과 추위 때문에 크지 못하고 땅 위에 납작 엎드린 나무들이 즐비했다. 황량한 곳이라 해야 하나, 고독한 벌판이라 해야 할까. 열악한 환경에 의연하게 버티고 있는 나무들의 삶이 눈물겹다. 합장촌에 사는 사람들도 추위와 눈과 함께 살아가는 방법으로 지혜를 터득하며 살아왔듯이, 이 나무들도 그들과 지혜로 이렇게 오랜 세월을 살아가고 있는 듯하다.

3박 4일의 아쉬운 일본 여행을 마치고, 다시 도야마 공항에 모였다. 동네 슈퍼보다도 작은 면세점에서 선물도 사며 여행을 마감한다. 딸 부부 덕분에 편안하고 의미 있는 여행이었다. 사돈과의 사이도 커튼을 걷은 것처럼 한층 가까워진 것 또한 흐뭇한 일이다.

저녁에 인천공항에 도착하여 각자의 삶터로 향했다. 광주까지 가는 차편이 여의치 않아 저녁도 못 먹고, 인사도 제대로 못 나눈 채 헤어졌다.

딸네 가족들이 황망히 떠나간 뒤 우리 부부 둘만이 미아처럼 남았다. 황량하다. 왠지 소중한 뭔가를 잃은 것처럼 허전하다. 딸을 붙잡고 싶다는 충동으로 가득했지만 '출가외인'이라는 현실로 돌아왔다.

뭔가 중요한 것을 잃어 회복할 수 없는 것 같은 기분에, 씁쓸한 마음으로 공항 출입문을 나섰다.

어떤 인연

참나무 새 가지가 연녹색에서 푸른색으로 변하는 초여름이었던 것 같다.

할아버지께서 풀 베러 가시는데 동생과 같이 따라나섰다. 동네서 좀 떨어진 산언덕쯤 갔을 때 허름한 옷차림에 건장한 아저씨가 할아버지께 길을 물어오셨다. 할아버지는 지게를 받쳐놓고 곰방대에 담배를 담아 한 모금 빠시며 그 아저씨랑 얘기를 나누셨다. 아마도 일거리를 찾아오는 거라 하셔서 마침 할아버지 농사일을 도와 달라시며 품삯 등 조건을 얘기하셨을 거다.

두 분이 얘기를 나누는 동안 동생과 나는 낫을 가지고 장난을 쳤다. 동생이 할아버지께서 풀을 베기 위해 날카롭게 간 낫으로 작은 참나무 순을 툭툭 치다, 그만 내 정강이를 베고 말았다. 할아버지께서 깜짝 놀라 당황하시며 댓님을 풀어 다리를 동여매셨고, 처음 보는 아저씨 등에 업혀 집으로 왔다. 지금도 그 당시 흉터가 흐리게 남아있다. 흉터의 하얀 낫 자국에서 보이는 놀란 할아버지의 모습과 널찍하고 따뜻한 아저씨의 등이 어렴풋이 떠오른다.

아저씨는 우리 집에서 일 년 정도 같이 살았던 것 같다. 할아버지 농사일을 도와주며 군대 가지전까지 용돈을 벌어 간다고 하였다. 부모님들을 일찍 여의고 여동생만 한 명 있는데 경기도 어디쯤인가, 다른 집에서 가사 일을 돌보아 준다고 얼핏 얘기를 들은 것 같다.

아저씨는 큰 키만큼이나 인자하고 너그러우셨다. 그러나 우리가 잘못하여 혼낼 때는 단호했다. 일거리가 없어 한가할 때면 우리랑 잘 어울리며 놀아 주었다. 겨울에는 연과 썰매도 만들어 주어 같이 놀았다. 한번은 썰매를 만들어 주셨는데 마음에 안 들어 골을 부렸다. 한쪽은 하얀 철사로 다른 쪽은 붉은색 나는 구리철사로 만들어 짝이 맞지 않았다. 같은 철사로 만들어 달라고 떼를 쓰며 울었는데, 한참을 나갔다가 오시더니 같은 색깔로 다시 만들어 주셨다.

연을 만들어 같이 날리러 언덕으로 올랐다. 그날따라 바람이 세었던지 연줄이 끊어져 꼬리를 길게 너울거리며 멀리 날아갔다. 나는 울상이 되어 발을 동동 구르고 있는데 아저씨가 성큼성큼 한참을 뛰어가 잡아 오셨다. 그때 바라본 하늘은 얼마나 푸른빛이 투명했던지 내가 제일 아끼던 유리구슬처럼 눈부셨다. 팽이도 깎아 주어 치는 법도 가르쳐 주고, 철 지난 달력을 떼어 딱지도 접어 주셨는데 내 딱지가 동네에서 제일 크고 빳빳하여 친구들 부러움을 샀다. 그렇게 동생들과 나는 아저씨랑 정이 듬뿍 들었다.

가을걷이가 끝나고 조금은 쌀쌀해지는 겨울이 시작되는 시점이었나 보다.

아침 햇살이 비치는 언덕에 올라 멀어져 가는 아저씨와 손을 흔들며 이별을 했다. 연을 날리며 놀던 언덕에서 마지막 작별을 하며, 여동생은 눈물이 그렁그렁한 채로 다음에 꼭 다시 올 것을 새끼손 가락을 걸고 약속했다.

여동생이 눈물을 머금고 고사리 같은 손을 흔들며 안녕이라고 외쳤다.

아저씨가 멀어지며 작은 점으로 안 보일 때까지 우리는 그 자리에 손을 호호 불며 바라보고 있었다.

그렇게 작별하고 몇 달 후 아저씨한테서 편지가 왔다. 군대에 잘 갔다고 우리들 잘 있느냐고 물었다고 엄마께서 말씀하셨다. 답장을 쓴다고 삐뚤거리는 글씨로 편지를 쓰며 언제 올 거냐고 물었던 것 같다. 그 후로도 편지가 몇 번 왔던 것 같은데 오래가지 않아 소식이 끊어졌다. 여동생과 손가락을 걸며 한 약속은 모두 잊혀졌다.

오랫동안 까마득히 잊고 지내다 고등학교 때쯤인가 보다. 어느 토요일 시골집에 갔었는데 엄마께서 그때 그 아저씨가 왔었다고 했다. 그 아저씨도 생활에 쫓겨 우리를 까마득히 잊고 사시다 옹기장수를 하며 기억을 더듬어 우리 동네로 옹기를 팔러 오셨단다. 처음에는 엄마도 몰라보고 많이 보신 분 같다고 하여 옛날얘기 끝에 기억해 내셨다고 한다. 엄마께 아저씨 얘기를 듣고 우리는 안 물어봤느냐고 했더니 애들도 많이 컸죠? 그뿐이라 하였다. 엄마의 대답에 우리를 아주 잊었구나, 라는 생각에 아주 섭섭했던 기억이 아스라하다. 더구나 옹기장수를 하며 여유롭지 못한 생활을 하시는 듯하여 쓸쓸했다.

어느 추운 겨울날 눈이 소복이 쌓였던 아침에 일어나 밖을 보니 키가 작은 허름한 옹기장수가 지게를 마당에 힘겹게 받치고 있었다. 순간 '아저씨다'라며 밖으로 뛰쳐나갔는데 외모가 완전히 달라 실망하고 들어왔다.

그 후로는 지게로 진 옹기장수를 본 적조차 없지만, 시장에서 옹기를 볼 때면 반들거리는 옹기에서 그 아저씨 모습이 언뜻언뜻 비치곤 했다.

지금도 아저씨의 다정스러운 미소와 조00이란 이름도 기억하는데, 어떤 인연으로 잊히지 않고 특별히 기억나는 것은 어렸을 때 추억이기 때문이 아닐까. 아마도 가족 외에는 처음으로 정을 느껴본 외부 사람이라 그런지도 모르겠다. 지금이라도 한번 만나보고 싶다. 지금쯤 아저씨는 꼬부랑 할아버지가 되셨을 텐데. 인연이 여기까지뿐이라는 생각에 안타까운 마음이 앞선다.

가족 묘원 만들기

"아무래도 미심쩍은데요" 전문가가 지형을 살펴보며 고개를 갸웃거린다. "양지바르고 지대도 높고 한데 물이 있을 턱이 있나요" 혹시나 하고 가슴 조이며 지켜봤다. 굴삭기가 땅을 파기 시작했다. 깊이 파니 조금씩 물기가 비치는 듯해도 설마 했다. 마지막 관을 덮었던 태극기와 붉은 천이 나오고 뚜껑을 젖히니 물이 철철 넘친다. 현기증을 느낄 정도로 아찔했다.

위에서 내려다보고 있으니, 마치 방죽을 보는 듯하다. 18년 동안 얼마나 숨이 막히셨을까. 캄캄한 땅속에서 그것도 물이 가득 찬 좁은 공간에서 추위와 공포감은 또 얼마나 크셨을까. 물에 잠긴 유골을 바라보며 생전 아버지 모습이 떠올려졌다. 아버지 모습이 상상이 안 된다. 평소의 모습은 어디로 사라졌단 말인가. 물속에 있는 유골에서 생전 아버지의 모습을 상상하며 회한에 젖는다.

삶과 죽음의 경계는 어디일까. 죽는다는 것은 무엇을 의미하는 것인가.

물속에 있어도 춥지도, 숨 막히는 것을 모르는 것이 죽음인가. 18년 동안 물속에 갇혀 있는 아버지의 모습을 상상하니 울컥했다. 가끔 꿈속에서 뵈었을 때 나 좀 꺼내 달라고 하셨을 텐데, 조금도 눈치채지 못했으니 얼마나 불효한 것인가. 일 년에 한 번 풀 깎는 것이 의무를 다한 것으로 착각하고 18년을 지난 것을 이제 와 후회하니 무슨 소용 있으랴.

좌청룡 우백호는 아닐지라도 양지바르고 아늑한 곳으로 편안히 잠들고 계시려니 했다. 살아 계실 때 불효가 지하에 가셨어도 또다시 불효했구나.

죄책감에 깊이 파인 산소 자리로 무너지는 듯 멍하니 바라보고 있었다. 이제라도 밝은 곳으로 모시게 된 것을 다행이라 위안하며 가슴을 쓸어내렸다.

선산에 옹기종기 7대조 할아버지로부터 아버지까지 계셨다. 몇분의 선조께서는 조금 떨어진 곳에 잠들어 계셨다. 언제부턴가 벌초 때면 다음 세대부터는 누가 산소 관리를 할 것이며, 우리 세대가 자리할 장소가 없으니 대책을 마련하자는 의견이 분분하였다. 산소 자리를 추가로 마련하기도 힘들고, 여기저기 뿔뿔이 흩어져 있는 것보다는 선조들과 함께 가족 모두가 한자리에 모시면 좋겠다고 생각되어, 대안을 모색하게 되었다.

종중 땅을 매각하여 예산을 확보하는 등 세부 계획을 수립, 가족 묘원을 조성하게 되었다. 기존 산소가 있는 자리에 높은 곳을 깎아 낮은 곳에 메워 축대를 쌓아 장소를 넓게 만들었다. 일주일간 중장

비가 투입되고 잔디 심는 날은 많은 인원이 동원되었다. 처음 설계때 생각지 못했던 옹벽이 추가로 증설되고, 배수로 설치, 진입로 확장 등 추가되어 사업이 커졌다.

예로부터 조성된 봉분을 없애고 작은 비석만 있는 평장으로 만들었다. 모든 선조들을 한곳에 모실 수 있을 뿐만 아니라 우리들 자리까지 공간을 만들 수 있는 일석이조 방안이었다.

오래전에 할아버지 산소 입구가 허전하여 작은 노간주나무 두 그루를 산속에서 캐다 심었는데, 몇십 년 만에 중장비로 옮겨야 하는 커다란 나무로 성장하였다. 새로 만든 가족 묘원 입구에 대문처럼 양쪽에 옮겨 심어 우리 가족 묘원의 수호신으로 삼았다. 넓은 잔디밭이 만들어지고 주변에 나무도 심어 제법 작은 공원으로 위엄을 갖췄다.

선조들부터 서열에 따라 모시고 작은 비석으로 표시했다. 할아버지, 할머니 자리는 첫째 줄 마지막이고 아버지 자리는 둘째 줄 두 번째 자리에 모셨다. 유골 항아리를 정성껏 모시고 아버지 옆자리는 어머님의 자리로 비워 두었다. 오랫동안 빈자리로 남아있기를 기원하며, 깔끔한 비석으로 위에 덮으니 이제야 안심이 된다. 국립묘지로 모셔야 하나 며칠을 고심했다. 아버지 홀로 낯선 국립묘지에 모시는 것이 우리야 자랑스럽지만, 결국 살아있는 우리들의 명예지 아버지께는 아무 의미가 없을 거라는 생각이 들었다.

비석 아버지 존함 앞에 '화랑무공훈장'이란 글자를 새겨 넣는 것으로 서운함을 대신하였다. 새롭게 조성된 아늑한 자리에서 편안히

쉬실 수 있을 것 같은 기분이었다.

　내가 할 수 있는 일을 했다는 자부심으로 선조들의 비석을 하나
하나 살펴본다. 오늘의 우리가 있도록 보살펴 주심에 감사한 마음
으로 잔디를 꾹꾹 눌러 밟았다.

　새로 만들어진 넓은 푸른 잔디밭을 뒤돌아보며 내 자리를 가늠해
본다.

명심공원

청주에는 중심을 흐르는 무심천이 있다. 동쪽으로는 소가 누워있는 모습의 우암산이 있고 서쪽 가까운 곳에 나지막한 산이 있다. 명심산이다.

그것도 산이라고, 숨 가쁘게 산 정상에 오르면 바람이 평지와 다르다. 제법 시원한 바람이 살랑살랑 얼굴을 스치며 땀을 식혀준다. 명심공원은 청주시 흥덕구 신봉동 백제유물전시관 뒤편에 있는 110미터 산이다. 백제 시대부터 조성된 선조들의 무덤이 옹기종기 모여 있다. 몇 해 전 발굴한 무덤에서 나온 유물을 산 입구에 있는 백제유물전시관에 전시하고 있다. 우리 고장의 유구한 역사를 한눈에 볼 수 있는 곳이다.

정상에는 철봉, 평행봉은 물론 각종 운동기구가 설치되어 주변에 있는 나이 드신 분들의 건강을 지켜 주는 건강 놀이터다. 이곳에서 얼마나 많은 어른들의 건강을 지켜 주고 있는가는 한 시간만 앉아 있으면 알 수 있다. 공휴일에는 남녀노소 심지어 강아지까지도 올라와 운동하고 간다. 나무들이 우거지고 정상에는 아름드리 소나무들이 공원을 쉼터로 만들어 주고 있다.

산 주변으로 많은 길이 자연스럽게 생겨, 오르락내리락 꼬불거리는 등산길이 거미줄 같이 만들어져 나무들과 호흡을 같이 한다. 꼬불거리는 산길을 왕복하거나 시원한 바람 속에 여러 가지 운동기구를 하다 보면 두 시간은 금방 간다. 여러 가지 운동기구 중에 거꾸로 매달리는 기구가 있어 거꾸로 세상 바라보기를 십 분 정도 한다. 거꾸로 보는 세상이 때론 아름답게 보인다.

소나무 잎이 발끝에 걸치고, 파란 하늘 위로 까치도 발끝에 매달려 '깍깍' 거리며 친구들을 부른다. 우리도 한 번쯤은 거꾸로 살아보는 것은 어떨까.

내가 위치한 곳이 아닌 반대편에서 자신을 바라보는 것도 필요할 듯하다.

휴일에는 가족들과 함께 어린이들도 많이 오지만, 오늘 같은 평일에는 운동이 꼭 필요하고, 운동 말고는 뚜렷이 할 것 없는 나이 드신 분들이 대부분이다. 나도 그 대열에 합류하고 있다는 사실에 마음이 씁쓸하다. 그래도 조금은 위안이 되는 것은 그중에 제일 막내라는 사실이다.

명심 산에는 나무만 있는 것이 아니다. 까치, 뻐꾸기를 비롯한 이름 모를 산새들도 공생하며 즐긴다. 며칠 전에는 상념에 젖어 천천히 산을 오르는데 옆에서 후다닥 하며 튀는 것이 있어 바라보니 작은 고라니다. 그 녀석은 나보다 더 놀랐는지 저만치로 비탈길을 허겁지겁 도망갔다. 어떻게 고립된 작은 산에 고라니 새끼가 있을까.

주변은 온통 주택과 길뿐인데, 모두 잠든 밤에 이동하여 작은 산에 가족을 꾸리고 사나 보다.

몇 해 전에 산속을 헤매고 있을 때다. 고라니 새끼 두 마리가 웅크리고 있다가 내 발을 핥으며 다가왔다. 귀엽고 신기하여 가만히 있었더니 마치 강아지처럼 전혀 겁이 없다. 겁이 없는 것이 아니고 모르는 것 같다. 내가 발길을 돌아서면 발뒤꿈치에 입을 대며 쫄랑쫄랑 따라왔다. 멀리 떨어지면 어미를 잃어버릴까 염려되어 있던 곳으로 밀어 놓고 얼른 뛰어 못 쫓아오게 피했다. 무서움을 모르는 고라니 새끼를 보며, 인간의 본성은 성악설보다는 성선설이 맞을 것 같다고 생각하며 하산했던 기억이 스친다.

저번에 마주쳤던 고라니 행적이 궁금했다. 잘 살아가고 있을까. 고라니 흔적을 찾아 등산로 주변을 살폈다. 산길에서 좀 떨어진 곳에서 일반 돌과는 다른 조각이 발끝에다 채었다. 주워 살펴보니 토기 조각이었다. 백제 시대 어느 선조께서 사용하던 유물일지도 모르겠다. 백제 시대 선조들의 생활 모습이 궁금해졌다. 백제유물전시관에 들렀다. 분묘처럼 생긴 아담한 전시관이다.

2001년에 개관한 충청북도 최초로 백제사 전문 전시관으로 등록된 곳이다. 명심산에 있는 우리나라 최대의 백제 무덤 군과 도시의 팽창으로 신봉동, 봉명동을 개발하면서 출토된 백제인들의 유물을 전시한 곳이다. 백제 고분군의 발굴로 발견된 부장품들은 4세기에서 5세기 무렵 융성했던 초기 백제인들의 철기문화를 밝힐 수 있는 소중한 유산이다. 실제 크기의 80%로 만들어진 기마상과 병사들,

농민들의 모습을 재현하고 있다. 기마상은 우리 지방 최고의 신분으로 돌방무덤* 양식에서 발견되었으며 철기류로 무장하고 있다.

널무덤*에서 발견된 농민들의 무덤에는 도끼와 낫 등 농기구로 들고 있는 모습으로 재현하여 그 당시의 생활상을 볼 수 있다. 삼국의 접경지역으로 전쟁이 잦았던 옛 선조들의 고된 생활이 보이는 듯하다. 전시관 계단 아래로는 '적석목관묘積石木棺墓*'라는 실제 무덤 모습을 재현해 전시하고 있다.

무덤 속에서 만장기輓章旗를 휘날리며 상여를 앞세우고 무심천을 건너오는 장례 행렬이 보이는 듯이 상상해 본다. 상여 뒤를 흐느끼며 따르는 유족들의 모습은 온통 하얀색이다. 마치 눈이 점점이 뭉쳐 움직이는 듯 보인다.

맨 앞에서 요령잡이가 외친다. "이제 가면 언제 오나!" 상여꾼이 후렴 한다 "에헤야 데에야" 유족들이 오열한다. 흰 저고리 옷깃이 바람에 날린다.

그렇게 가신 우리 조상님들이 몇백 년이 지난 오늘에 다시 백제 유물 전시관에서 환생하셨다. 우리 고장을 지켜온 선조들의 발자취에 고개를 숙인다.

* 돌방무덤 : 깬 돌로 널을 안치하는 널방玄室을 만들고 외부로 통하는 널길羨道을 만든 뒤 흙으로 씌운 무덤.
* 널무덤 : 긴 네모꼴로 된 구덩이에 직접 시체를 넣거나 목관을 넣고 그 위에 흙을 쌓아 올린 무덤.

* 적석목관묘積石木棺墓 : 나무 관을 고정하고 보강하기 위해서 주위를 돌
로 쌓거나 채워두는 무덤.

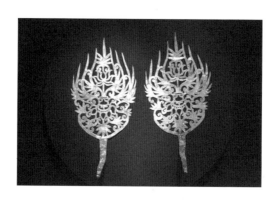

더덕의 추억

주말이면 더덕 캐러 간다고 먼동이 트기 전에 나섰다. 오늘 새벽에도 비가 올 것이라는 일기 예보를 무시하고 강행하였다. 능선에 올라 한참을 더덕 잎을 찾아 헤매고 있었다. 갑자기 주변이 캄캄해져 왔다. 앞이 안 보일 정도로 먹구름이 하늘을 순식간에 덮었다. 천둥이 바로 옆에 떨어지듯 귀청을 때렸다. 조용하던 산속은 동시에 공포감이 휩싸였다. 순간 내가 죄지은 일은 없었는지 반성이 앞선다. 허둥지둥 하산을 서둘렀다. 언젠가 보았던 멧돼지 가족들 뜀박질을 흉내라도 내듯, 허리를 반쯤 구부리고 발밑을 조심하며 발걸음을 재촉했다. 제발 조금만, 하산까지만 참아다오. 후드득거리며 비가 내린다. 다행히도 산 밑까지 내려오니 그제야 비가 쏟아붓기 시작했다. 앞이 안 보일 정도다. 차 있는 곳까지 오니 긴장했던 마음이 사르르 녹는다. 무사히 하산했다는 편안함에서 오는 건지, 위험했던 하루를 마무리한다는 안도감에서 오는지도 모르겠다.

평소 하던 대로라면 계곡에서 땀에 젖은 몸과 때 묻은 마음을 시원한 물로 씻어야 하는데, 지금은 그런 상황이 아니다. 그렇다고 옷이 다 젖은 상태로 차를 탈 수는 없다. 산 입구 들판이고 비가 쏟아지는 상황인지라 주변에 사람도 없다. 둘이 옷을 다 벗고 소낙비로 목욕을 했다. 소낙비가 워낙 강하여 어머님 계신 시골 수도꼭지에서 나오는 물줄기보다 세게 느껴졌다.

돌아보니 친구도 씩 웃는다. 수없이 다닌 산행 중에 오늘이 제일 추억에 남을 거라며 쏟아지는 빗줄기를 가만히 잡아본다.

몇 년이 지난 지금도 비가 오면 소낙비에 목욕하던 그 날이 생각나고, 더덕 애기만 나오면 그때의 빗줄기 속에 벌거벗은 두 남자의 모습이 현실이 아닌 그림에서 볼 수 있는 장면처럼 아련하다. 빗줄기 속에 안개까지 자욱한 산자락이 꿈속처럼 아득하게 그려져 온다.

더덕은 유난히도 향기가 짙어 주변만 가도 냄새로 있는 곳을 찾을 수 있을 정도다. 나폴 대는 더덕 넝쿨을 발견하는 날은 큰 횡재를 한 것처럼 기분이 뿌듯하였다. 무더기를 이루고 있는 때도 있어 운 좋은 날은 한군데서 한 움큼 캐는 날도 있다. 산속에서 맡을 수 있는 향기 중에 제일 진한 향기로 더덕 냄새를 꼽을 수 있겠다. 한 뿌리만 캐어 가방에 넣고 있어도 그 향기가 한참 동안 주변에 가득하다. 더덕 향을 즐기려 한 뿌리 손에 들고 다니며 수시로 코에 대어 향기를 맡는다.

더덕은 뿌리 전체에 혹이 많아 마치 두꺼비 잔등처럼 더덕더덕하다고 해서 붙여진 이름이란다. 산삼처럼 약효가 좋다 하여 사삼沙蔘이라고도 한다. 사찰에서는 '산에서 나는 고기'라 했고, 중국에서는 더덕 뿌리를 자르면 하얀 액체가 나온다고 하여 '나무에서 나는 우유'라고 했다. 그만큼 영양이 많은 약초이다.

인간이 느낄 수 있는 오감 중에 시각이 차지하는 비율이 가장 높고 후각이 차지하고 있는 비율은 얼마 되지 않는다고 한다.

그렇게 생각하면 냄새는 참 별것 아닌 것 같다. 그러나 비어있는 의식이 가장 받아들이기 쉬운 것이 냄새이다. 소리나 형태보다 먼저 와 닿는 것도 냄새다. 눈에 보이지도, 아무런 소리가 없어도 후각은 이미 감지하여 알려 준다. 게다가 시각적인 경험은 사진으로 담고, 청각적인 경험은 녹음으로 저장하는 방법이 있지만, 냄새는 도무지 따로 저장해둘 방법이 쉽지 않다.

오로지 내 후각에 새겨진 기억뿐이다. 향수나 방향제처럼 억지로 저장할 수도 있지만 자연스럽지 못하다. 인과因果 관계도 분명치 않다. 어쩌다 이 냄새가 허공을 떠돌다가 내 콧속으로 들어왔는지, 어찌 이토록 오랫동안 그 향기를 잊지 못하고 있는지 알 수가 없다.

가족 역시 냄새처럼 어떤 인연으로 내게 들어와 평생을 한 울타리 속에서 동고동락하며 우리 가족만의 특유의 향기를 만들어 가는 것은 아닌지.

모든 것을 공유하고 있는 가족 간에는 그 가족만이 간직하고 있는 특유의 향기가 있는 것이다. 손에 묻으면 쉽게 지워지지 않고 진한 향을 남기는 하얀 더덕 진액과 같이, 지워질 수 없는 가족의 끈끈한 인연과 진한 향을 공유하고 있는 것은 아닐까.

후각세포는 다른 감각세포에 비하여 쉽게 피로해져 감각이 무뎌지는 것처럼, 가족 역시 함께 있을 땐 소중함을 모르다가 잠깐만 안 보여도 그 존재감이 커진다. 더덕 향이 후각세포의 피로감에 쉽게 냄새를 잃어버리지만, 더덕 향은 어떤 냄새보다도 강하고 향기롭다. 가족과 더덕은 진한 향과 끈적끈적하여 쉽게 지워지지 않은 더덕 진액과 같은 인연을 가지고 있는 것이 공통점은 아닐까.

항상 더덕 같은 진한 향기로, 그런 존재로 살아가고 싶다.

두타산을 오르며

12월 날씨치고는 따듯하다. 산행하기에는 미세먼지가 좀 있지만 적당한 기온이다. 초등학교 친구들과 초평저수지 입구 붕어마을을 출발하여 두타산을 오른다. 등산로는 좀 힘들더라도 가파른 길을 선택하였다. 숨이 차고 다리가 마음과 같이 움직여주질 않는다. 얼마 전까지만 해도 쉽게 오르던 길이었는데. 세월 탓인지 추위 탓인지 모르겠다.

울창했던 숲속엔 앙상한 가지들만 바람을 맞이하고 있다. 그렇게 무럭무럭 자라나던 푸른 잎사귀들이, 숲을 꽉 채우며 여름을 노래하던 숲속이 적막하다. 겨울 산은 황량하여 바람 소리가 가슴까지 파고든다. 숨이 찰 때마다 몸이 더워지며 땀방울이 등줄기를 타고 내리면 기분이 상쾌해진다. 이런 기분을 느끼려 겨울 산행을 하나 보다. 가지고 있는 것을 모두 주는 겨울 산을 바라보며, 나도 내 몸의 일부를 내어 준다 생각하니 묘한 기분이다.

낙엽을 밟으며 올라가니 중간마다 누군가 쌓아 올린 돌탑들이 마중한다. 밑에 쌓여 있는 돌에는 세월의 흐름을 짐작하게 하는 이끼들이 돌탑을 싸고 있었고, 위로 올라갈수록 쌓은 세월이 얼마 안 되는 듯, 돌들이 깨끗하고 반듯하게 놓여있다. 누가 어떤 목적으로 쌓았을까. 주변에서 주워다 쌓은 것 같진 않고 멀리서 가져다 쌓은 듯하다. 그 염원이 작은 것일지라도 모두가 간절한 것일지니, 우리는 여기에 쌓인 돌처럼 크고 작은 돌덩이들을 가슴에 안고 살아가고 있는 것은 아닐까.

자식을 잃은 부모가 가슴에 맺힌 한을 삭이며 하나하나 날라다 쌓았을까.

부모를 여읜 자식이 불효가 후회되어 부모의 극락왕생을 빌며 정성을 다한 것인지. 난리 통에 생이별한 지아비를 기다리며 한 많은 여인이 정성을 다하여 쌓았는지도 모르겠다. 사연을 알 수 있는 표시가 없어 아쉽다.

대강 쌓은 것이 아니고 비틀림 없이 돌을 깎아 만든 것처럼 똑 고르게 쌓은 정성이 가상하다. 마음의 짐을 이렇게 올려놓고, 훌훌 털고 가벼운 마음으로 내려갔으면 하는 바람으로 나도 작은 돌 하나를 올려 본다.

겨울 산은 답답하지 않아서 좋다. 잔설이라도 기대했건만 워낙 포근한 날씨 탓에 걷기에 좋았다.

마지막 가파른 고개에 올라서니 웅장한 바위가 앞을 막는다. 검게 변한 말라붙은 이끼가 할아버지 얼굴에 난 검버섯처럼 연륜을 말하는 듯하다.

몇만 년은 지난 듯 세월이 묻어나는 바위 위로 세 봉우리가 솟아

있어 삼형제 바위라고 불렀나 보다.

　전망대에서 멀리 냇가 쪽으로 바라보니, 희미하게나마 내가 어렸을 때 이곳을 바라보며 크던 시골집이 보이는 듯하다. 아주 어렸을 때 삼촌이 삼형제 바위 구경시켜준다고, 서울 구경시켜준다고 내 귓가를 잡아 삼촌 머리 위로 치켜올려 목말을 태워주면 무서우면서도 짜릿하던 공포감이 아련하다.

　그때 무척이나 멀게만 보이던 삼형제 바위를 지금 발아래로 내려다보고 있다. 시골집 마당에서 삼촌과 놀고 있는 내가 보이는 것 같다.

　그때 그 삼촌은 지금은 눈도 귀도 어두운 백발 할아버지로 변했고, 나는 또 얼마나 많이 변한 것인가. 세월은 모든 것을 바꿔 놓았다. 모든 것이 변해가며 흘러가지만, 삼형제 바위는 변함없이 그 자리에서 우리를 맞고 있다.

　바위 옆으로 능선에는 진달래밭이 제법 넓다. 자세히 살펴보니 벌써 꽃망울이 가지마다 봉긋이 자라고 있었다. 아직 본격적인 추위는 시작도 안 했는데 벌써 꽃봉오리가 맺혔다. 어쩌려고 이리도 일찍 꽃망울을 만들었는가.

　너무 이른 것은 아닐까 하는 걱정이 앞선다. 추위에 얼어, 봄에 꽃을 피우지 못할 것 같은 조바심이 든다.

　봉긋한 꽃봉오리 속에는 얼마나 많은 꿈들을 간직하고 있는지. 꽃봉오리 속에 분홍색으로 꿈을 키우고 있을 수많은 알갱이들이, 서로 부둥켜안고 추위를 이겨내는 모습이 가상하다. 볼록하게 부

푼 모습을 보니 분홍색, 흰색 꿈들이 가득 차올라 점점 봉긋해지는 듯하다. 꿈들이 얼마나 채워지고 있는지 궁금했다. 가지를 꺾어 꽃봉오리를 잘라 확인해 보고 싶은 충동을 억지로 누르며, 추위를 무사히 이겨내길 기원한다. 얼마나 많은 꽃봉오리들이 봄을 기다리며 꿈을 키우고 있는지. 꽃봉오리 속에는 꽃을 피우기 위하여 수줍은 소녀처럼 꿈이 꼭꼭 숨어 따스한 바람을 기다리고 있는 듯 고요하다.

꽃을 활짝 피웠을 때의 모습은 장관을 이룰 것이다. 내년 봄엔 꼭 다시 찾아 지금 바라보는 꽃봉오리들이 꽃을 피운 모습을 보아야겠다.

그때 바라보는 꽃의 모습은 평소에 봐왔던 그런 진달래꽃이 아닐 것 같다.

시련을 이기고 꿈을 이루어낸 승리자의 모습을 바라보는 뿌듯한 마음일 거다.

진천 전통시장 탐방기

아침에 일어나니 가을비가 부슬부슬 내려 마음이 심란하다. 어디로든 나가 가을이 어디쯤 오고 있나 확인하고 싶었다. 창밖으로 떨어지는 빗방울을 세며 머릿속으로 갈 곳을 찾는다. 가까운 곳으로, 될 수 있으면 안 가본 곳으로 방향을 잡아야 한다. 지난여름 소낙비가 장대처럼 쏟아지던 날, 진천 전통시장을 가본다고 아내와 함께 나섰었다. 장터는 썰렁했다. 주변 상인들에게 물어보니 장날만 장이 선단다. 하는 수 없이 버스정류장 시장을 서성이다 돌아왔던 기억이 스친다. 달력을 보니 15일. 오늘이 마침 진천 장날 아닌가.

그래 진천 전통시장을 가야겠다. 아내의 의견을 물으니 찬성이다.

급한 것도 없고 기다리는 것도 없으니 천천히 가을 들녘을 감상하며 달렸다. 연 노란 벼들이 고개를 숙여 풍요로운 결실을 알리고 있었다. 지난여름 천둥 번개를 이겨낸 연노란 결실이야말로 무엇과도 비교할 수 없는 아름다운 그림이다. 40분을 달려 도착하니 넓은 주차장에 자동차가 빼곡하다.

역시 장날이라 다르구나. 입구에 들어서기 전부터 주변 도로변까지 천막이 빙 둘러 쳐져 있다.

진천 전통시장은 소우주다. 커다란 만물상이다. 없는 것 빼고 다 있다.

민초들의 삶이 있고, 인생의 희로애락이 있다. 금방 깡충깡충 뛰어오를 듯이 싱싱한 갈치, 고등어가 지느러미를 곤추세우며 누워있고, 상어만큼 큰 삼치도 벌렁 누워 동그란 눈을 멀뚱멀뚱 우리를 바라보며 선택을 강요하고 있었다. 갓 뽑아온 열무는 설설 기어 밭으로 갈 태세로 할머니의 손에서 우리를 향해 흔들리고 있었고. 각종 약초 파는 천막에는 이름을 알 수도 없는 약초들이 즐비했다. 입담 좋은 아주머니가 야관문夜關門을 들고 소리친다. "남자에게 끝내줘!" "한번 먹어봐, 내일 아침 반찬이 틀려!" 관절에 좋다는 우슬牛膝, 암에 특효라는 상황버섯 등 수도 없이 많다. 나는 야관문에 머물러 있는 눈길을 억지로 떼어 냈다. 아내는 벌써 저만치 앞서가고 있었다. "뭘, 그렇게 열심히 바라봐요?" 왠지 속마음을 들킨 것 같아 "응, 그냥" 하고 얼버무렸다. 팔딱거리며 튀어 오르는 새뱅이를 나이 드신 아주머니가 주워 그릇에 담으며 소리친다. "싱싱한 새뱅이 한 사발 사 가유" "힘이 엄청 쎄유. 밖으로 튀어나오는 거 봐유"라며 목청을 높인다.

뭐니 뭐니 해도 밖에 나오면 먹거리가 최고다. 건물의 매장에 있는 식당들은 허전한데, 야외 천막 속의 순댓집만은 인산인해다. 왠지 소풍 나온 들뜬 기분으로 우리도 한 자리 차지했다. 주변을 보니 나이 드신 분들이 많았지만, 한쪽에서는 여자분들끼리 순대를 맛있게 먹고 있었다. 아기를 안은 젊은 부부랑 초롱초롱한 아기의 눈길도 순대를 향하고 있었다. 나이와 관계없이 많은 사람들이 토속음식을 좋아하나 보다. 많은 사람들 속에 우리도 동참했다는 동질감이었을까? 생각보다 꽤 맛있는 순대국밥이었다.

참기름이 필요하다 하여 할머니들이 모여 농산물을 파는 곳을 향했다. 할머니들은 만둣국을 한 손으로 먹으며 손님을 기다리고 있었다. 많은 인파 속에서 불편하게 쪼그려 앉아 점심을 먹는 걸 보며 삶의 애착이 보이는 듯하여 가슴이 짠했다.

"할머니 이 참기름 진짜 국산인가요?"

"그럼 내가 직접 농사지은 건데" 하셨다.

"진짜일까?" 아내가 귓속말로 물었다. "글쎄 맞겠지" 대답하면서 퇴직하기 전, 육거리 전통시장에 농산물원산지 표시 관계기관 합동단속 갔던 장면이 떠오른다. 초라한 할머니가 도라지를 팔고 있었다. "할머니 이 도라지 국산 맞아요?" 물으니 "그럼, 내가 직접 농사지은 건데" 하셨다. 전문가의 감정으로 중국산이란다.

"할머니 주소와 이름 대세요."

"난 글씨도 모르고 주소도 몰러" 무조건 모른단다. 방법이 없다. 할머니 행색을 봐서 과태료를 부과할 수도 없다.

"할머니 국산으로 속여 팔면 안 돼요"

"글쎄, 난 아무것도 몰러" 모른다고 하면 모든 것이 용서되는 시절이었다. 방금 산 참기름은 진짜 국산일까. 할머니에게 재차 확인해 보지 않았다. 마치 돌아가신 할머니같이 온화한 모습에 그런 생각하는 것 자체가 불효인 것 같아 얼른 한 병 사서 돌아섰다.

아내가 옛날이 그립다고 핫도그를 한 개 먹고 싶단다. 줄이 길게 늘어선 기다린 끝에 한 개를 입에 물고 기웃거리는 아내의 모습이 천진난만해 보인다. 분위기가 그렇게 보이게 하나 보다. 시내에서 육십 넘은 아녀자가 핫도그를 입에 물고 다니면 보기 좋았을까. 그만큼 전통시장에서는 모든 것이 너그럽다. 모든 사람들이 이웃같이 보여 정겹다. 막걸리 한잔에 목소리 커진 촌부의 모습에서 작은아버지 모습이 보이고, 에누리 없는 장사가 어디 있냐며 조금이라도 깎아 달라 소리치는 머리가 하얗게 센 할머니의 모습에서, 귀가 어두워 목소리가 커진 어머님의 모습이 보이는 듯하다. 정겨운 이웃 사람들에게서 많은 것을 팔아주고 싶은 마음에 내년에나 필요한 호미도 두 자루 샀다. 장사가 잘 안된다며 푸념하는 할머니에게서 찐빵도 한 봉지 샀다.

오늘 배불러 못 먹으면 내일 먹으면 된다고 했다. 뒤돌아 나오는데 분재랑 꽃을 파는 곳에 머물렀다. 노란 국화꽃이 소담하다. '인제는 돌아와 거울 앞에선 내 누님' 같은 포근하고 원숙한 모습이다. 세월 따라, 가지가 구부러져 비정상이 정상인 분재도 있다. 유난히 가지가 굽은 소나무 분재를 가지고 싶었다. 가격을 물어보니 이십만원이란다.

팔아주고 싶지만 내 주머니 사정으론 어림없다. 눈을 꾹 감고 돌아섰다.

물어만 보고 돌아서는 뒤통수에 허름한 아저씨의 눈길이 와 닿는 듯 따갑다.

아저씨 나중에 돈 많이 벌면 팔아줄게요.

속으로 외치며 끈끈한 정을 남기고 전통시장을 나섰다.

아버지 산소와 노랑나비

날씨가 더워지기 시작하는 여름의 초입에 아버지 산소에 올랐다. 아버지 산소 봉분 위로 씀바귀꽃이 노랗게 만발하였다.

바닥에는 망초와 산딸기가 번성하고 있었다. 참 빨리도 큰다 싶기도 하고, 더 자주 와야지 하는 민망하고 죄스러운 마음에 엎드려 잡초를 뽑았다. 그때 어디서 날아왔는지 노랑나비 한 마리가 나풀거리며 날라 왔다.

노란 꽃잎에 앉은 노랑나비는 날아갈 생각이 없는 듯 꿀을 빠는지 한참을 앉아 있다. 꽃을 뽑지도 못하고 엉거주춤한 자세로 지켜보다 꽃대를 살짝 흔드니 날개를 나풀 거리며 날아오른다. 멀리 가지 않고 바로 옆 꽃에 내려앉았다.

순간 아버지 혼령이 아닐까? 하는 생각이 들었다. 가만히 나비의 날갯짓을 지켜봤다. 생전에도 효도하지 못한 자식으로, 산소도 제대로 관리하지 못하느냐고 서운해하시며 주변을 맴도는 듯했다.

노랑나비의 날갯짓 사이로 옛날 아버지와의 추억이 떠오른다.

어렸을 때부터 아버지를 어려워했다. 갓난아기 때에도 아버지가 안아 보려 하면 자지러지게 울어 아버지에게 제대로 안겨보지도 못하고 자랐다고 어머님이 말씀하셨다.

중학교 입학을 앞두고 청주에 셋방을 얻어 생활 도구를 싸 들고 와서 아버지께서 연탄불을 피우시는데, 연기가 자욱하여 눈물을 흘리시는 게 아닌가. 처음으로 아버지의 눈물을 보았다. 엄하셨던 아버지가 흐르는 눈물을 닦으시던 모습에 왠지 송구스러운 마음이 앞섰다. 아들 추울까 봐 방부터 따스하게 하시려는 거다. 아버지 눈물이 민망하여 나는 슬그머니 방으로 들어갔다. 연기가 매워서 흘리는 눈물이었지만 오랫동안 그 모습이 잊혀지지 않았다.

훈련소에서 야간전투 훈련을 마치고 밤늦은 시간에 귀대했는데 중대장이 호출했다. 가슴이 철렁했다. 아무리 생각해도 잘못한 것이 없었다. 얼굴에 위장하느라 검정 칠한 것을 지울 새도 없이 중대장 앞에 불려가 부동자세로 섰다. 가슴이 방망이질하는 것을 억지로 누르고 중대장 입을 지켜보았다. "자네는 훌륭한 아버지를 두었다." 순간 무슨 말인지 이해가 안 되어 멀뚱거렸다. 그런데 하시는 말씀이 아버지께서 '철없는 아들을 보내어 미안하다며 교육을 잘해주시기를 바랍니다.'라는 편지를 중대장 앞으로 보내셨단다. "훌륭한 아버지께서 실망 안 하시게 행동해라" 하셨다. 내무반으로 돌아오면서 아버지에 대한 벅찬 감동이 부풀어 올랐다.

마침 하늘에는 유난히도 커다란 보름달이 둥실거렸다. 평소에 자주 보지 못한 아버지의 빙긋이 웃으시는 모습이 보름달 속에서 보이는 듯했다.

공부에 소홀하여 상급학교 시험에 떨어졌어도 관심 없는 듯 아무 말씀도 없으셨다. 무뚝뚝하여 말씀은 없으셨지만, 생각해보니 무조건 내 편이셨다. 무엇이든 내가 원하는 것은 거의 하게 하셨다. 한 번도 큰소리로 혼내시거나 회초리로 맞아본 적도 없지만, 항상 자식에 대한 걱정과 관심을 가지고 옆에서 지켜봐 주셨다. 다만 지켜야 할 일들은 말보다는 행동으로 당신이 솔선수범하여 보고 배우게 하셨다.

나에게는 든든한 기둥이었다. 어려웠지만 늘 지탱하는 힘이었다. 그런 아버지가 암세포가 온몸에 번져 수술의 의미가 없다며, 집으로 모시고 가라 했을 때의 절망감은, 그 기둥이 와르르 무너지고 있었다. 아버지는 수술이 잘되어 퇴원하시는 것으로 알고 기분이 좋아 보였다. 나는 아버지 얼굴을 똑바로 바라볼 수 없었다. 이렇게 진행되도록 나는 어떤 자식이었나. 건강진단만 일찍 했어도 이렇게 진행되지 않았을 것을. 평소에 소화가 되지 않는다고 하시며 트림을 하실 때 눈여겨보았으면 괜찮았을 텐데. 영원할 것 같았던 기둥은 그렇게 무너지고 있었다.

직장을 핑계로 자주 가보지 못하는 죄스러운 마음으로, 어느 토요일 오후에 아버지를 뵈러 갔다. 아버지께서 힘들게 일어나시더니 내 손을 잡으며 "이제 틀린 것 같다" 하시며 눈물을 흘리셨다.

나는 아무런 말도 못 하고 허공을 바라보며 멍하니 듣고만 있었다. 귓가로 아버지의 갈라진 목소리만이 윙윙거릴 뿐이었다. 그때 '아버지 아들로 태어나 행복했어요.'라고 말씀드렸어야 했는데 입안에서만 뱅뱅거렸다. 그 한마디 못 한 것이 두고두고 후회되었다. 그 후 며칠을 병원에서 진통제로 고통과 싸우시다, 가족들이 모두 모여 지켜보는 가운데 마지막 숨을 몰아쉬셨다. 마지막 숨소리가 얼마나 크게 들리던지 내 가슴을 후벼 팠다.

한 번만이라도 숨을 더 깊이 쉬셨으면…. 하고 안타까운 마음으로 기다렸으나 기적은 일어나지 않았다. 그렇게 오랫동안 참았던 숨을 쉬듯이 깊은숨을 한번 몰아쉬셨다. 그리고 아무 일도 없었다는 듯 영영 멀리 떠나셨다. 그렇게 떠나가신 아버님은 내가 사는 동안 점점 더 깊은 사랑으로 다가온다.

지금 산소에서 노랑나비를 아버님의 영혼으로 보고 싶은 것은, 내가 아버지가 되어 있기 때문인 것 같다. 아버님이 더욱 그리워지는 것은 내 삶이 노곤해지며, 아버님을 닮아가고 있는 나 자신이 보였기 때문이리라.

노란 씀바귀꽃을 옮겨 다니는 나비를 산소에 앉아 아버님과 이야기하는 듯이 한참을 바라보았다.

그리고 주변에 있는 씀바귀꽃을 남겨두었다.

육알회

청주, 충주, 서울, 부천, 수원, 창원에서 6개의 알(?)들이 모였다.

초등학교 친구들로 인근 동네에서 성장하여 유난히 친했던 친구들로, 모두들 뿔뿔이 흩어져 살고 있다. 말 그대로 감추고 있는 비밀이 없을 정도로 초등학교 때부터 친한 불알친구들이다.

매년 몇 번씩 전국을 돌며, 옛날 세월 속에 감추어진 추억을 꺼내 보며, 웃고 즐기는 모임을 가져왔다. 올해는 특별히 모두 퇴직한 기념으로 바닷가 모래밭에서 추억도 캐고, 조개도 캐는 추억을 만들고자 무창포에 모였다.

반가움과 함께 추억을 안주삼아 술에 취하여 조개 캐기 체험도 파도소리도, 모두 갈매기 날개 짓 속에 묻혀버렸다.

밤새 술 때문인지, 바닷가의 비릿한 파도 소리 때문인지 잠을 이루지 못하고 세월 속에 묻힌 옛 얘기를 찾아내어 공유하고, 다시 잊지 않기 위해 추억의 목록 속에 한 칸을 또 만들어 저장하였다.

먼 옛날 동심으로 돌아간 추억 찾기는 끝이 없다. 그 당시만 해도 쌀값이 비싸 친구가 엄마 몰래 쌀 한 되를 가져다 논두렁 풀 속에

감춰 놓았다가,

저녁 먹은 후에 모여 감추어 놓은 쌀을 증평 읍내에 갖다 팔았다. 영화도 보고, 음식도 사 먹으며 놀다, 밤늦게 캄캄한 논둑길을 유행가를 부르며 집으로 왔다. 그 시절 추억이 논두렁 풀벌레 소리만큼이나 정겹게 귓가를 맴돈다. 용케도 캄캄한 좁은 논둑길을 찾아 걸을 수 있었던 것은 별빛이 가로등이 되고, 반딧불이 신호등이 되어 좁은 길을 밝혀주고, 이름 모를 풀벌레 소리는 안전하게 길을 안내하여 무사히 집으로 돌아올 수 있었다.

어느 여름날 저녁에 두 시간을 걸려, 산길을 넘어 산 넘어 동네에 가서 놀다 찻길 가운데 멍석을 펴고 자는데, 새벽에 첫 버스가 빵빵거려 후다닥 일어나 길을 피해 주던 일이 지금도 경적소리가 귓가로 스치듯 하다. 그만큼 길에는 차도 없고 다니는 사람도 없었다. 그때 멍석 위에 누워 바라본 하늘은 별들의 잔치가 벌어지는 한 폭의 아름다운 그림이었다. 은하수 속에서 별들의 물결이 반짝이며 별똥별은 쉼 없이 축포를 쏘아댔었지. 길옆 논에서는 개구리와 이름 모를 풀벌레가 별빛에 장단을 맞춰 끝없는 노랫소리로 귓가를 간 지러 잠을 이루지 못했었다.

그때 옆에 누워 같이 별을 세던 친구는 어느덧 머리에는 서리가 하얗게 내리고 얼굴엔 세월이 지난 흔적이 덕지덕지 묻어 세월의 흐름을 실감 나게 한다. 그날 밤의 많은 별들은 어디로 사라졌을까? 수많던 별똥별은 다 어디로 숨었을까.

그때 그 친구가 세월을 건너뛰어 다시 내 옆에 누워 들려오는 파도 소리에 추억을 되새기고 있다. 그날의 개구리 소리가 아스라이

들리는 듯하다고…. 꿈속이듯 현실인 듯 철썩이는 파도 소리가 그날의 개구리 소리인양 유난스럽게 귀가로 파고들었다.

처음으로 동네 앞으로 큰 신작로가 생겼는데, 그 길에서 택시 강도가 발생했다. 영문도 모르고 시골에 있던 친구들 모두 지서로 호출되어 고초를 겪었다. 언제 누구네 닭서리 하던 일, 누가 무슨 일을 했는지 등이 지서에 기록되어 있더라고 했다. 그 당시에는 인권이고 뭐고 없는 시절인지라, 젊은 사람들은 모두 호출받아 조사를 받았다. 다행히도 나는 청주로 유학(?)을 하고 있는 관계인지. 닭서리 할 때 없어서 인지는 모르지만, 그 호출 명단에서 빠져 고초를 겪지 않았다. 친구들이 고초를 겪고 오면서 우리 집에 들러 하루 동안 있었던 일을 안주 삼아 함께 이야기꽃을 피웠던 일이 지난 세월만큼이나 아득하게 다가온다.

아버지께서 우리들이 마신 수북한 술병을 보시고 조용히 부르시더니 술 적게 마시라고 걱정하시던 모습이 아련하다. 지금도 여전히 그때 그 자상하신 모습으로 먼 하늘나라에서 자식 걱정하시며 바라보고 계시겠지. 그리움과 함께 살아계실 때 다 하지 못한 뒤늦은 후회가 다가온다.

며칠씩 같이 몰려다니며 때가 되면 친구 엄마가 해주는 끼니를 때웠다.

손자 같은 막내아들 친구 왔다고 친구 어머님이 화롯불에 끓여주시던 구수한 된장냄새가 할머니 같던 친구 어머님의 하얀 저고리 옷깃 위로 스친다.

우리 집에서 자고 나면 또 다른 동네로 옮겨 다니며 짓궂게 놀았지만, 큰 사건 사고 없이 무사히 청소년기를 지냈다. 그렇게 군에 가기 전까지는 거의 매일 붙어 다니며 어울렸다.

그 후 군대 가며 뿔뿔이 흩어지고, 제대 후 각자의 결혼생활 등 생활전선에 전념하느라 한동안 잊고 지냈다. 세월이 흘러 아이들도 크고 어느 정도의 생활이 안정되니, '인간은 추억을 먹고사는 동물이다'라는 말과 같이, 나이가 들어 갈수록 자연스레 옛날이 그리워지기 시작하였다. 추억을 머금은 모임인 육알회를 만들어 만남을 지속하고 있다.

언제까지가 될지는 모르지만 우리들만이 간직하고 있는 소중한 추억을 오랫동안 간직하며 여섯 개 알들만의 추억을 쌓을게다.

다음 모임은 내년 봄에 영덕에서 게를 잡기로 했는데 그때까지 참을 수 있으려나?

끈끈이대나물 꽃

이운우 수필집

초판 1쇄 인쇄 | 2022년 10월 27일
초판 1쇄 발행 | 2022년 11월 07일

지 은 이 | 이운우
펴 낸 이 | 노용제
펴 낸 곳 | 정은출판

출판등록 | 2004년 10월 27일
등록번호 | 제2-4053호
주   소 | 04558 서울시 중구 창경궁로 1길 29 (3층)
대표전화 | 02-2272-9280
팩   스 | 02-2277-1350
이 메 일 | rossjw@hanmail.net
홈페이지 | www.je-books.com

ISBN 978-89-5824-471-4 (03810)

＊이 책은 충청북도, 충북문화재단의 후원으로 문화예술육성지원사업의 일환
  으로 지원받아 발간되었음.
＊잘못 만들어진 책은 교환해 드립니다.
＊저자와 출판사의 허락 없이 책의 전부 또는 일부 내용을 사용할 수 없습니다.